Veronica Smith

MARIE-JOSÉE DOUVILLE

LES EDITIONS ATLANTIS

Veronica Smith par Marie-Josée Douville

Copyright © Marie-Josée Douville 2017

ISBN 978-1-7751981-0-9

Des hauts et des bas

Je m'appelle Veronica Smith et je viens d'un petit quartier bien ordinaire d'une ville de banlieue. Voici mon histoire.

Je n'avais qu'un an, j'étais dans ma chambre à coucher, dans ma bassinette blanche. Je regardais le plafond. Il y avait un gros trou au centre, là même où, supposément, une lumière devait être suspendue, mais il n'y avait pas de lumière... Que de gros fils qui, selon moi, avaient l'air beaucoup plus gros que dans la réalité. Je croyais que le trou allait m'aspirer d'un seul coup, j'avais peur, je ne pouvais pas parler, je n'étais encore qu'un bébé.

Mes parents m'aimaient, ils me disaient de me recoucher et me flattaient la tête pour me rassurer, mais ils ne comprenaient pas ce que je voulais leur expliquer. J'ai toujours pensé que ma phobie des endroits sombres et des sous-sols mal éclairés date de cette époque. J'ai peur des garde-robes ouvertes la nuit. Quand je remonte les marches d'un escalier menant à un sous-sol, je ferme les lumières, cours vers le haut et ne regarde jamais en arrière.

Plus tard, vers l'âge de trois ans, mes parents se sont séparés. Mon père était militaire et partait souvent à l'étranger. Il n'était jamais à la maison. Il consommait de la cocaïne et avait beaucoup de difficultés avec l'argent. Parfois, il volait ses amis ou ses collègues de travail pour payer sa drogue. Mon père s'appelait Patrick. Il ne faisait pas confiance aux femmes, probablement parce que sa mère l'avait maltraité pendant sa jeunesse. À son retour d'une mission, il avait surpris ma mère en train d'embrasser un autre homme.

À compter de ce jour, il ne l'a crue plus et commença à la tromper, encore et encore. Il ne pouvait plus s'arrêter de voir d'autres femmes. Ma mère s'en rendit compte un soir après une sortie entre filles. Elle était supposée ne revenir que le lendemain, mais décida de rentrer après son souper. La maitresse de mon père n'était plus là, mais ma mère trouva un long cheveu noir sur les draps beiges couvrant le lit ainsi qu'une boucle d'oreille. Ma mère quitta mon père peu de temps après, elle ne pouvait plus supporter une relation malhonnête.

Vers l'âge de 5 ans, j'ai déménagé avec ma mère dans une maison d'un quartier tranquille avec de gros arbres de part et d'autre de la rue. Ils étaient tellement feuillus qu'ils semblaient former un tunnel. C'était un quartier ancien, retiré dans la ville. Ma nouvelle maison était située à une rue de celle de ma grand-mère Rose et de mon grand-père Kevin.

Rose me gardait souvent, car ma mère faisait des heures supplémentaires pour pouvoir payer la maison. Rose et moi faisions beaucoup d'activités ensemble, nous allions visiter les jardins de fleurs et les musées et nous nous rendions à des spectacles. Ce que j'aimais le plus, c'était magasiner avec elle. Rose m'emmenait dans des boutiques de vêtements, puis on allait manger au restaurant. Elle me prêtait ses talons hauts, elle en avait de toutes les couleurs et de tous les styles. Elle possédait aussi de nombreux bijoux, tous plus beaux les uns que les autres. Je pouvais les toucher et même les prendre en main, sauf les plus dispendieux. Rose était très distinguée et toujours bien habillée. Elle avait de nombreux chapeaux et des foulards de toutes les couleurs. Elle me gâtait énormément.

Parfois, je dormais dans son sous-sol, elle m'y accompagnait et me brossait les cheveux pour m'endormir. Non loin du lit, une grosse fournaise à l'huile m'épeurait. Souvent, Rose dormait avec moi toute la nuit pour que je ne sois pas effrayée. Elle fermait la porte de la chambre pour supprimer cette grosse fournaise de mon champ de vision. Je repartais toujours de chez elle avec des gâteries, des chocolats ou des vêtements qu'elle m'achetait.

Pour me divertir, ma mère m'inscrivit à un cours de danse de ballet classique. Au début, j'étais très timide et réservée, je restais dans mon coin et j'observais. Peu à peu, je me suis rapprochée des autres filles et me suis fait de nouvelles amies. À 6 ans, j'étais déjà très grande et maigre, je me trouvais différente. Je mettais plusieurs collants pour grossir mes jambes. Au local de danse, il y avait un grand miroir qui couvrait tout le mur, je pouvais voir l'ensemble de mes camarades. Je remarquais bien que mes jambes étaient beaucoup plus minces que celles des autres filles et que je les dépassais toutes d'une bonne tête. Pourtant, j'avais le même âge qu'elles.

Ma mère n'avait pas retrouvé l'amour, elle ne voulait pas s'embarquer dans une nouvelle histoire. Avec le travail et la maison, elle manquait de temps. Et puis elle restait très attachée à mon père, qui n'était plus là pour elle. Je le voyais à l'occasion. Parfois, nous ne nous rencontrions pas durant quelques jours, quelques semaines voire quelques mois.

J'étais une petite fille avec beaucoup d'imagination. J'allais souvent au parc, je me balançais et je m'imaginais être une princesse avec une longue robe scintillante, alors le paysage se transformait tout autour de moi, les fleurs s'y trouvaient en grand nombre et brillaient au soleil, je ne voyais plus le sable gris.

À l'école primaire, j'étais la plus grande de ma classe, j'étais toujours placée au dernier rang. Nous avions des pauses avant le dîner et durant l'après-midi. La plupart des enfants jouaient au ballon-chasseur. Moi, j'avais trouvé un autre jeu : je découpais des carrés de gazon pour fabriquer de petites maisons pour les insectes. Je les déposais dans mon pupitre, je faisais des expériences, j'observais s'ils restaient à l'intérieur de leur demeure et je les nourrissais. J'étais contente de les aider à construire leurs maisons. Parfois, je regardais attentivement les enfants de ma classe et j'étudiais leurs comportements, je prêtais attention aux crayons qu'ils utilisaient, aux amis qu'ils avaient ainsi qu'à leurs façons de se parler. J'étais souvent dans la lune, je négligeais ce que je devais faire. Je détestais étudier les mathématiques ou le français... Mes résultats scolaires étaient médiocres, je redoublais mes années.

Malgré ma différence et la faiblesse de mes résultats scolaires, je n'avais aucune difficulté à me faire des amis, les enfants m'approchaient, me trouvaient gentille, tout le monde voulait être mon ami. Parfois, je jouais au ballon avec eux, mais cela ne m'intéressait absolument pas, ce n'était que pour leur faire plaisir.

Dans la classe, je m'assoyais au bord de la fenêtre pour regarder l'horizon, j'imaginais des histoires, j'observais les oiseaux et je me demandais où ils s'en allaient et d'où ils venaient. Pourquoi pouvaient-ils voler et pas moi? Je n'étais plus dans la classe avec les autres élèves, la voix du professeur s'éloignait peu à peu. Sans succès, il prononçait mon nom pour me ramener à moi-même. Je me demandais pourquoi j'étais assise sur ma chaise. Pourquoi devait-on écouter ces professeurs qui ne parlaient que de choses qui ne m'intéressaient pas? Je voulais danser, créer des maisons pour les insectes, enfiler des vêtements de princesse, me promener dans des jardins de fleurs scintillantes entourés de châteaux et de chutes d'eau.

À la fin des cours, je retournais à la maison et je devais refaire des mathématiques, encore et encore. La vie était déjà un fardeau et je n'en étais qu'au début. Je me sentais prise au piège dans ce rituel interminable. J'ai alors commencé à cacher mes devoirs. Je revenais à la maison sans mes cahiers, je n'avais donc plus à refaire mes mathématiques et toutes ces choses ridicules qu'on nous infligeait au quotidien.

C'était plus difficile pour moi que pour les autres de me concentrer, j'avais ce qu'on appelle aujourd'hui un TDAH. À cette époque, peu de gens disposaient d'informations précises à ce sujet. Il n'y avait pas de médication ni de classes spécialisées. Lorsque je m'efforçais à faire quelque chose, je prenais beaucoup plus de temps que la moyenne. Je n'avais aucune notion du temps. C'est pourquoi l'organisation de mes journées n'était pas chose aisée.

Des ambitions réfrénées

Rendue au secondaire, ma mère m'inscrivit dans un collège privé. Nous portions des chemises et des jupes à carreaux avec une petite épingle sur le côté. Je commençais à regarder les garçons. Je voulais vivre l'amour, le vrai, celui où le chevalier débarque de son cheval et vous emmène dans son château. Et ils vécurent heureux et eurent beaucoup d'enfants...

C'est dans cette école que j'ai rencontré les deux meilleures amies du monde, Lilianne et Elodie. De vraies amies, celles que l'on trouve rarement, qui le restent toute votre vie, qui vous supportent et vous écoutent sans la moindre once de jalousie. Ce n'est certainement pas un hasard si j'ai été inscrite dans cette école, c'était sans doute parce que je devais les rencontrer. Ces amies, je les ai encore aujourd'hui.

Je me rappelle d'une petite chicane qu'Elodie et moi avions eue à l'école. Nous ne nous étions pas parlé pendant deux jours et nous avions éprouvé de grandes difficultés à dormir... Ce fut notre dernière querelle. Bien sûr, nous continuons à avoir des opinions différentes et des discussions parfois tendues, mais nous savons où nous arrêter et respecter les opinions de l'autre. Nous allions souvent au cinéma et aimions beaucoup regarder ensemble des films d'horreur et des dessins animés. Nous nous rendions aussi régulièrement chez Elodie.

Elodie et sa famille sont d'origine russe. Elodie avait les cheveux blonds tombant jusqu'au bas du dos et des yeux bleus. Ses parents voyageaient souvent pour des raisons professionnelles, on avait alors la maison pour nous, on était libres. Chez moi, c'était beaucoup plus stricte. La maison d'Elodie était particulièrement imposante. Un écran cinéma avait été installé dans le sous-sol. À l'extérieur, il y avait une grande piscine ainsi qu'un vaste terrain où l'on pouvait jouer au tennis ou au badminton. Elodie était enfant unique, elle était très gâtée. Elle avait une sublime garde-robe remplie de vêtements qu'elle ne portait presque jamais. Son père possédait un hélicoptère. Parfois, il nous faisait faire un tour. Pour Liliane et moi, c'était vraiment un plaisir total d'aller chez Elodie. Elle possédait tant de choses que nous n'avions pas...

Lilianne est d'origine vietnamienne. À cette époque, elle habitait chez son père. Elle était arrivée au pays avec sa mère vers l'âge de cinq ans. Sa mère avait immigré au

Québec, car elle avait perdu toute sa famille durant la guerre du Vietnam. Lilianne avait de longs cheveux noirs très raides et d'une épaisseur remarquable. Elle habitait dans un quartier chinois. On allait souvent manger avec elle dans les restaurants asiatiques du coin. Elle connaissait tous les endroits intéressants de son quartier et nous faisait découvrir plein de boutiques que nous ne connaissions pas.

Elodie invitait souvent des amis dans sa maison. Nous faisions des batailles de ballounes remplies d'eau dans la cour arrière et on se donnait la bascule dans la piscine. On jouait avec des cruches d'eau vides que l'on remplissait de ketchup et de vinaigre, c'était dégoûtant. Nos vêtements en ressortaient dans un triste état. Avec le temps, nous avons décidé de les remplir d'eau. Il nous arrivait d'inonder la maison. Un jour, la tapisserie fut entièrement imbibée et on se fit chicaner au retour des parents d'Elodie. Une autre fois, nous avions pris des petites pommettes sur l'un des arbres bordant la cour et les avions lancées si fort qu'elles brisèrent la moustiquaire du voisin. Nous avons dû payer les réparations. Ce fut notre dernière bataille.

J'allais souvent, avec ma mère et ma grand-mère, sur une plage très populaire à quelques heures de la maison. J'emmenais mes deux amies avec moi et nous y passions quelques jours ensemble. On se promenait entre filles, puis on magasinait. J'étais la plus timide, Elodie était tout le contraire. Elle allait à la rencontre des garçons et n'avait aucune difficulté à attirer leur attention. Elle aimait ça et elle nous aidait à les aborder en les invitant à venir jouer au volley-ball.

À 18 ans, j'étais encore en secondaire 4. J'étais plus âgée que les autres élèves, j'avais déjà redoublé trois fois. La directrice de l'école me suggéra de terminer mes études à l'école des adultes. J'y suis allée, mais je continuais à couler, encore et encore. Je ne comprenais pas pourquoi je n'arrivais pas à terminer mes études. Je me sentais incomprise et impuissante face à tous ces échecs. Je ne pouvais plus supporter la honte qui me collait à la peau. J'avais toujours peur de recevoir ma note et de devoir la révéler à mes amies. Je mentais parfois et cachais mes résultats. J'avais beau me concentrer, il n'y avait rien à faire... Je rentrais à la maison et passais de longs moments à me demander ce que j'allais bien pouvoir faire plus tard. Je pensais que je ne servirais jamais à rien si je ne terminais pas mes études.

J'avais de grandes ambitions. Je voulais réussir comme les parents d'Elodie, avoir mon propre hélicoptère et acquérir une grande maison avec un terrain de tennis, mais je n'étais bonne que pour m'inventer des histoires et peindre. J'étais une artiste, mais les artistes ne deviennent bien souvent populaires qu'à leur mort… J'avais peur de la mort et je voulais être populaire et riche bien avant.

Ma mère trouvait que j'avais beaucoup de talent en peinture. Elle m'acheta un chevalet et des pinceaux pour que je puisse développer mes qualités, mais j'avais perdu confiance en moi. Je me pensais laide, je n'aimais pas mon nez et je n'avais pas de poitrine, contrairement aux autres filles de mon âge. J'étais très complexée. Les filles me trouvaient belle, mais pas moi. À cette époque, mes cheveux étaient très longs et bouclés, ils avaient avec beaucoup de volume. Ils étaient soyeux et brillants, mais je ne voyais que mon gros nez.

Ne pouvant pas retourner aux études, j'ai commencé à chercher un emploi. En général, les postes proposés dans les journaux ne m'intéressaient pas. Et lorsqu'ils m'attiraient, de l'expérience était requise. À une exception près. Un travail d'escorte était vacant. Le salaire était intéressant, mais je ne savais pas du tout en quoi consistait ce travail… Je m'imaginais accompagner des hommes au restaurant, comme dans les films. Je me disais qu'avec l'argent que je récolterais, je pourrais avoir plus vite ma propre maison et mon indépendance, et que je gagnerais autant que si j'étais allée à l'université. J'étais très excitée à l'idée de découvrir ce métier si rémunérateur et d'apparence si facile.

J'ai appelé au numéro indiqué et je me suis rendue sur place. C'était un petit motel avec quelques chambres meublées par un lit double et disposant d'une minuscule salle de bain. Je devais attendre dans une chambre qu'un homme arrive. Ce n'était pas du tout ce que j'avais pensé, j'étais loin du restaurant cinq étoiles et des limousines. J'avais des relations sexuelles avec des hommes, j'étais devenue une prostituée. À cette époque de ma vie, je ne voyais que l'argent.

Au début, ce fut très difficile, ma peau et mon corps étaient très sensibles. Grâce à mon imagination particulièrement fertile, j'arrivais à penser à autre chose, à me déconnecter facilement. Je ne prenais ni drogue ni alcool, mes capacités mentales m'aidaient à finir mes journées et ma volonté de réussir et d'amasser encore plus d'argent me permettait de continuer à avancer. J'avais déjà perdu trop de temps, je devais me rattraper. Je gagnais beaucoup d'argent et pouvais m'acheter presque tout ce que je voulais.

J'ai commencé à sortir avec des collègues de travail, des filles qui pouvaient se payer de beaux habits et de somptueux bijoux. Chaque semaine, je revenais à la maison avec de nouvelles chaussures ou des appareils électroniques dernier cri.

Rapidement, ma mère eut des doutes à mon sujet, car je n'étais pas censée avoir un emploi. Elle connaissait la valeur de l'argent, car elle travaillait très fort pour en obtenir suffisamment. Un matin, elle fouilla ma chambre. Elle y trouva de nombreuses étiquettes de vêtements griffés dans les poubelles et ma garde-robe était remplie de boîtes à chaussures. Elle découvrit de l'argent dans mes tiroirs, beaucoup d'argent, ainsi qu'une petite carte avec, à l'endos, mon numéro d'escorte.

Elle téléphona au numéro indiqué et se rendit sur place en prétendant qu'elle souhaitait travailler comme escorte. La propriétaire des lieux la trouva trop âgée pour faire ce travail. Elle eut, tout de même, le temps de m'apercevoir. J'étais en train de dîner avec les autres filles, j'avais une tasse entre les mains. Lorsque nos regards se croisèrent, la tasse me fila entre les doigts et se fracassa contre le sol.

Ma mère me ramena à la maison et me demanda ce qui m'avait poussée à faire une chose pareille... Elle, qui avait tout fait pour m'envoyer dans une école privée, qui m'avait donné tout l'amour possible. Je ne savais pas quoi dire ni quoi faire, j'avais honte, je pensais que personne ne découvrirait mon petit secret. Elle voulait que je retourne à l'école, que je finisse mes études et que je me trouve un bon emploi. Mais il était déjà trop tard, j'avais pris goût à l'argent. Comment pouvais-je retourner au point de départ et gagner un maigre salaire?

Pour lui faire plaisir, je me suis mise à rédiger mon curriculum vitae, mais je ne pouvais pas y mettre grand-chose, car je n'avais ni expérience avouable ni même terminé mon secondaire. Je finis tout de même par trouver un emploi de serveuse dans le petit restaurant du coin, j'étais plus souvent derrière le comptoir à laver la vaisselle, remplir les frigos et vider les poubelles qu'à servir les gens. J'étais maladroite avec les assiettes. C'était pénible, un vrai cauchemar. J'étais lente et j'oubliais les commandes. Je devais attacher mes cheveux et porter un filet, mon nez ressortait encore plus qu'en temps normal. Je me sentais comme une esclave, on me disait toujours quoi faire. Et tout ce que je devais faire, je le détestais au plus haut point.

Ce métier était loin de mes rêves de princesse. J'étais payée au salaire minimum et je devais ramasser les dégueulasseries des clients. Je ne pense pas que mes collègues trouvaient ce travail pénible, mais pour moi, c'était l'enfer sur terre. Peu de gens appréciaient mon travail et la plupart des clients me semblaient méchants. Ils étaient stressés par leur emploi, je devais me dépêcher de les servir. Un soir, après avoir fini mon service, je me suis évanouie. J'étais restée trop longtemps debout et je n'avais, sans doute, pas assez dormi. Je voulais plus d'argent, alors je faisais des heures supplémentaires, mais cela m'exténuait.

Premières désillusions amoureuses

À l'occasion d'une sortie avec des amies, j'ai rencontré un homme de 15 ans mon aîné. Il s'appelait Christian et il avait beaucoup de charisme. Il savait comment parler aux femmes. Ce soir-là, je ne suis pas rentrée chez moi. Le lendemain, c'était mon copain. J'étais toujours pressée, je ne prenais pas le temps de connaître les gens. Il me plaisait, je suis sortie avec lui.

Très rapidement, j'en suis tombée amoureuse. Christian était grand et mince, ses cheveux lui arrivaient aux épaules. Il avait une grande maison et était propriétaire d'une compagnie. Bien sûr, j'étais impressionnée de voir qu'il possédait presque tout ce que je désirais. Il partait souvent en voyage d'affaires, alors que, moi, j'habitais encore chez ma mère… J'allais souvent chez lui en fin de semaine.

Un jour, il me proposa de faire de l'échangisme. Je n'étais pas certaine de le vouloir, mais j'ai tout de même accepté. J'étais curieuse de découvrir en quoi cela consistait et je voulais aussi lui faire plaisir. En général, les couples commençaient par discuter ensemble. Chacun choisissait, ensuite, le couple qui lui plaisait. Il y avait parfois trois couples dans la même chambre. Pour notre première expérience d'échangisme, nous nous sommes rendus dans une maison où une quinzaine de couples se côtoyaient déjà. Nous avons fait l'amour en présence d'autres adultes. Je n'étais pas prête à échanger. La fois suivante, nous sommes allés chez un couple et avons échangé nos partenaires.

Je me sentais mal à l'aise, j'avais le sentiment que mon conjoint n'était plus le même et l'impression que l'amour que je ressentais pour lui venait de disparaître. Je me sentais comme un morceau de viande se faisant manipuler. Cette pratique n'était pas faite pour moi. Je l'ai avoué à Christian. Il eut l'air surpris et déçu, il croyait que j'aimerais ça et que je recommencerais avec lui. Je voulais l'amour, le vrai, celui que l'on voit dans les contes de fées. Je voulais un homme qui n'aime que moi, qui me désire constamment et qui ne se préoccupe pas des autres femmes. Pourquoi n'arrivais-je pas à trouver cet homme?

Un soir, alors que Christian travaillait devant son ordinateur, je cherchais mon lipsil dans notre chambre, mais je n'arrivais pas à mettre la main dessus. J'ai ouvert les tiroirs des tables de chevet et découvert dans l'un des siens un journal plié en quatre. J'étais curieuse, j'ai donc regardé à l'intérieur. Plusieurs « X » avaient été placés sur des noms de filles d'une agence d'escortes. Je ne savais pas s'il les avait déjà toutes rencontrées ou s'il prévoyait de les appeler. C'était vraiment étrange. Je n'étais pas du genre à fouiller dans les affaires des autres, mais en voyant ce journal, je n'avais pas pu m'en empêcher. Il me cachait déjà quelque chose, alors même que nous n'étions qu'au début de notre relation.

J'ai fouillé la chambre de fond en comble pour trouver une preuve de ses relations sexuelles avec d'autres femmes ou de pratiques échangistes. J'avais une intuition, un pressentiment, que je devais vérifier. Évidemment, je suis tombée sur plusieurs photos de femmes, nues sur son lit. Les photos avaient été prises durant notre relation, car je pouvais y distinguer le lit que nous avions acheté ensemble. J'avais le cœur en boule, il était là, en bas, devant son ordinateur, il ne travaillait sûrement pas, je ne lui faisais plus confiance, c'était terminé. Il regardait, à coup sûr, des sites de rencontre ou parlait à d'autres femmes.

Je descendis, lançai les photos sur son ordinateur et lui demandai des explications. Il n'avait pas grand-chose à me dire. Je l'ai quitté immédiatement et suis retournée chez ma mère en pleurant. Cet homme n'était, en fait, qu'un gros pervers. L'homme de ma vie me dégoûtait désormais, il était devenu à mes yeux un monstre en quelques minutes.

Pour me changer les idées, j'ai appelé un ami. Nous sommes allés dîner dans un restaurant, puis avons entamé une promenade dans Montréal. Je n'allais pas souvent en ville, j'étais impressionnée par les lumières. Nous nous sommes arrêtés devant un club de streap-tease, mon ami voulait que nous y entrions, j'étais gênée, mais il finit par me convaincre.

C'était grand et lumineux, les filles étaient très belles et intimidantes. Elles avaient presque toutes une grosse poitrine. Quant à moi, j'avais de très petits seins, j'étais impressionnée par la taille des leurs. J'avais toujours désiré avoir une telle poitrine. Ma mère m'avait donné un livre sur l'évolution du corps humain. J'avais compris que ma poitrine n'atteindrait jamais la phase 5, autrement dit un 34 C, alors je portais des épaulettes de veston pour augmenter son volume. À cette époque, les brassières n'avaient pas encore de gel à l'intérieur. J'ai commencé à utiliser des kleenex, mais cela donnait à mes seins un aspect bosselé, puis j'ai essayé de couper en deux des balles de glu pour me fabriquer une « nouvelle » poitrine.

Dans le club, je reconnus une des filles qui travaillaient au bar. C'était Sandrine, elle était au secondaire avec moi. Elle m'approcha et me dit : « Viens travailler avec nous, tu es belle. Tu n'as qu'à te trouver un nom et à rencontrer le gérant, tu peux commencer demain si tu veux ».

Je suis revenu le jour suivant, mon CV à la main. Le gérant a ri lorsque je me suis présentée face à lui, car je n'en avais pas besoin pour faire ce job. Il voyait bien que je n'avais pas d'expérience, mais, parce que j'étais jolie, il m'accepta. Je ne me trouvais pas assez belle pour faire ce travail, mais j'y suis allée quand même. C'était si simple, je pouvais travailler quand je le désirais, personne ne me dictait mon horaire, c'était moi qui le choisissais.

À cette époque, tout contact avec la clientèle était interdit et je gagnais le même salaire qu'une escorte. Sandrine me montra comment faire sur le « stage », je me sentais comme une star. Je pensais pouvoir faire un spectacle de danse sur scène, mais c'était très différent d'un spectacle de ballet classique... Les hommes me trouvaient belle et sexy, je me sentais désirée et respectée.

Après quelques jours de travail, j'ai quitté mon emploi au restaurant, qui me donnait la nausée. J'étais de nouveau libre. J'habitais toujours chez ma mère et je revenais à la maison très tard. Ma mère se posait encore des questions à mon sujet. Je lui avais alors expliqué que je voulais exercer le métier de streap-teaseuse. Elle était dévastée. « Mais pourquoi es-tu attirée par ces choses? Je t'ai pourtant bien éduquée », me dit-elle. Elle avait certainement peur que je prenne de la drogue ou que je retombe dans la prostitution. Ou peut-être était-ce tout simplement inconcevable pour elle que je me promène nue dans un bar. J'étais troublée de voir que ma mère ne comprenait pas mes choix.

J'ai donc décidé de partir à la recherche d'un appartement. Je n'avais aucune idée du processus à entamer pour obtenir un logement. J'ai appelé Patrick, mon père. Je ne le voyais pas souvent, étant donné qu'il avait des problèmes de cocaïne. Il était très instable, mais quand j'avais besoin de lui, il était toujours prêt à m'aider. Mon père était très grand, il avait un teint basané, des cheveux foncés et un air italien. Il était toujours habillé en noir et portait un veston. Il avait de la prestance et un charisme fou.

Chaque moment passé avec lui était magique, j'avais toujours hâte de le voir. Si j'avais un malheur, il me protégeait. C'était mon confident, je pouvais lui dire ce que je ressentais ou ce que je vivais, il ne me jugeait pas. Souvent, il n'était pas d'accord avec mes décisions, mais il m'écoutait et me conseillait pour m'aider à retourner dans le droit chemin. Il avait de bonnes intentions. Parfois, il m'emmenait dans une église pour y faire un vœu et demander à Dieu de nous aider à faire les bons choix.

Il m'aida à trouver mon premier appartement. Je le regardais parler avec la propriétaire, il avait une telle assurance. Je n'aurais jamais pu faire une chose pareille. Il visitait l'appartement comme s'il était un puissant homme d'affaires, je crois qu'à ce moment-là, il aurait pu me décrocher la lune. Il voulait absolument que je reparte avec les clés et c'est ce qui arriva.

J'avais mon premier appartement. Beaucoup plus grand que ce que j'avais pu imaginer. C'était formidable, il y avait longtemps que je voulais avoir mes propres clés et ne plus rien devoir à personne. J'ai commencé à le décorer, j'aimais les belles choses. Régulièrement, je choisissais les articles les plus dispendieux, j'avais des goûts de luxe, j'aimais le confort. Lorsque je magasinais et que je ne pouvais pas me permettre un achat, je m'organisais pour travailler encore plus dur pour pouvoir me le procurer.

Maintenant que j'avais mon propre appartement, j'avais le loisir de rentrer à l'heure de mon choix. C'était mon petit paradis. J'ai commencé à sortir plus souvent, je voulais m'amuser. J'aimais m'habiller sexy et sortir dans les boîtes de nuit jusqu'aux petites heures du matin. J'avais l'habitude de travailler en double pour gagner plus d'argent et lorsque j'en avais amassé suffisamment, je m'amusais à le lancer en l'air au-dessus de mon lit, comme si je venais de gagner à la loterie.

Lors d'une sortie, j'ai rencontré un homme de mon âge, environ 20 ans, il s'appelait Philippe. Il était beau et grand, avait un teint basané, les cheveux noirs et les yeux d'un bleu éclatant. Il emménagea chez moi quelque temps après. Je l'emmenais au restaurant, il magasinait avec moi et je lui achetais des vêtements. Il travaillait dans la construction et n'avait pas un bon salaire, alors je payais presque tout. Nous sortions en boîte de nuit toutes les fins de semaine, parfois même deux soirs de suite. Je n'avais pas encore de voiture, alors nous prenions des limousines!

Quand on sortait d'un club, les gens croyaient que nous étions des stars. On payait des consommations à ceux qui nous entouraient au bar. On se faisait beaucoup d'amis et nous allions souvent dans des partys privés pour terminer nos soirées. Et la fête continuait. Mon argent s'envolait, mais je savais que je pouvais en regagner facilement la semaine suivante. Je ne me souciais aucunement du futur, je ne croyais même pas pouvoir atteindre les 40 ans.

Philippe consommait de la cocaïne, je l'avais compris en découvrant, à l'occasion d'une lessive, un petit sac de poudre dans la poche droite de l'un de ses pantalons. Il se fâchait souvent. Nous rénovions la chambre et de la peinture déborda sur le plafond. Il devint agressif et donna un coup de poing dans le mur. Il le troua et cria de toutes ses forces. Je ne savais pas comment le calmer. Il s'énervait souvent pour des choses insignifiantes.

Une fois, il se mit à paniquer et ne put plus respirer. Je croyais qu'il allait mourir. J'ai appelé une ambulance pour l'amener à l'hôpital. Nous y avons attendu tellement longtemps que j'en déduisis que ce n'était finalement pas si grave, il n'allait pas mourir. Le médecin me fit comprendre qu'il était maniaco-dépressif. Je n'avais jamais entendu parler de cette maladie. Nous sommes retournés à la maison, tout était correct, il avait retrouvé une attitude normale.

Il avait ce genre de comportement presque toutes les semaines. Je me demandais ce que je pouvais faire, je voulais l'aider, mais je ne comprenais pas son problème. Peut-être avait-il été abusé sexuellement ou subi un autre traumatisme. J'ai abordé le sujet avec lui à plusieurs reprises, mais il me répondait, chaque fois, que rien ne lui était arrivé. Parfois, je sortais avec mes amies, juste entre filles, il me suivait et m'espionnait. Il croyait que je flirtais avec d'autres hommes.

En sa présence, je ne pouvais pas regarder les hommes et encore moins leur parler. Il était extrêmement jaloux et possessif. Mes amies me disaient : « *Un jour, il te frappera* », mais je ne voulais rien entendre, je l'aimais tellement. Ça faisait déjà un an qu'on était ensemble et c'était la première fois que je vivais avec quelqu'un.

Je ne me voyais pas sans lui, mais je commençais à avoir peur. La propriétaire de l'appartement s'était déjà plainte, tout comme nos voisins. Elle voulait résilier le bail, car les perturbations étaient devenues de plus en plus fréquentes. Philippe donnait des coups de poing dans les murs, claquait les portes avec violence et faisait régulièrement des allées et venues au beau milieu de la nuit. C'est lorsque la propriétaire m'appela pour mettre un terme à la location que j'ai vraiment réalisé l'ampleur de ce que Philippe avait fait.

J'ai décidé de le quitter. Je lui ai expliqué que je ne pouvais plus supporter ses comportements agressifs d'autant plus qu'il m'insultait pour des choses que je n'avais pas faites. Lorsqu'il vint chercher ses affaires à l'appartement, il m'insulta et ne voulut plus partir. Il devint complètement hystérique et brisa en quatre la porte de ma garde-robe. Il me griffa, arracha ma robe et la déchira en mille morceaux. Je ne le reconnaissais plus, je croyais qu'il allait me tuer.

Heureusement, j'avais appelé un de ses amis pour qu'il vienne l'aider à ramasser ses affaires. Il arriva peu après Philippe et essaya de le faire sortir de chez moi, mais Philippe résistait, il s'accrochait aux cadres de porte et me traitait de salope tout en me suppliant que l'on reste ensemble... Comment pouvait-on traiter de la sorte quelqu'un qu'on aime? J'avais du respect pour moi-même.

J'ai appelé la police, mais lorsque l'agent arriva, Philippe s'était déjà sauvé. Son ami signa la plainte. Philippe ne pouvait plus approcher de mon domicile, mais vint tout de même déchirer mes moustiquaires. Il continua de m'appeler une vingtaine de fois par jour, si bien que je dus changer de numéro de téléphone. Fort heureusement, il lâcha prise peu à peu. Six mois plus tard, il était sorti de ma vie.

À la découverte du monde

J'allais souvent dans un petit restaurant, le Gabriel, qui était situé à environ un kilomètre de ma maison. Je m'y sentais comme chez moi et je discutais fréquemment avec la serveuse, Mayla. Avec le temps, elle devint mon amie. Elle aussi était célibataire et n'avait pas d'enfant. Elle connaissait tous les endroits branchés de la ville et voyageait beaucoup à l'extérieur du pays. Sa grande sœur avait une agence de voyages. Mayla avait déjà fait le tour du monde, ou presque. Elle avait toujours des prix spéciaux et, parfois même, des voyages gratuits. Nous avions la même taille et les mêmes mensurations, nous pouvions échanger nos vêtements. Et nos souliers étaient de la même pointure, c'était formidable!

Moi, je n'avais jamais voyagé en dehors du pays, alors elle décida de m'emmener à Hawaii, sur la plage de Waikiki. C'était mon rêve d'aller à la plage, de toucher de vrais coquillages et la première fois que je prenais l'avion. Nous avions volé si haut que je pouvais voir les nuages au loin et me rendre compte de la rondeur de notre Terre.

Il me restait tant de choses à découvrir, tous ces petits bouts de terre… Nous étions beaucoup plus nombreux sur la planète que je ne le croyais. Juste en prenant l'avion, j'avais élargi ma vision. Il avait fallu qu'une amie me pousse et m'encourage à prendre l'avion. C'était également la première fois que je voyais les palmiers. Toute ma jeunesse, j'avais dessiné des plages bordées de palmiers. J'avais, enfin, pu les voir de près.

Là-bas, nous avons rencontré deux hommes. Ils nous ont emmenées souper dans un des plus grands restaurants « haute cuisine » de l'île, puis nous sommes allés voir un match de tennis auquel participait la numéro un mondiale. Mayla parlait très bien l'anglais. Quant à moi, j'essayais de comprendre et elle me traduisait ce que je ne saisissais pas. Je me sentais en sécurité avec elle, elle savait ce qu'elle faisait. Nous avons nagé avec les dauphins et navigué à bord d'un catamaran. C'était mon premier voyage, mais certainement pas le dernier.

À notre retour au Québec, j'ai dû chercher un autre logement. J'ai trouvé une grande maison dans un quartier ancien. Il y avait deux logements au deuxième étage, mais j'avais choisi celui au rez-de-chaussée. J'avais accès à la cour, il y avait également une piscine creusée et un jardin de fleurs. La propriété était tellement belle que j'ai accepté tout de suite d'y loger, de peur que quelqu'un d'autre loue le rez-de-chaussée avant moi. De toute façon, je n'aimais pas les gros blocs de plusieurs étages divisés en multiples logements. Lilianne devait aussi déménager, je lui ai donc proposé d'emménager avec moi.

Le propriétaire de la maison, Brad, n'était pas né au Canada. Il était propriétaire de quelques maisons, une à New-York, une autre en Floride et la dernière dans le Vermont. Il s'installa en haut, puisque je désirais occuper le rez-de-chaussée. À cette époque, il ne venait qu'une fois par mois, car il ne connaissait que très peu de monde à Montréal. Une jeune femme habitait à l'étage dans l'autre logement. C'était une Africaine, elle semblait bien connaître Brad, elle allait parfois au restaurant avec lui. Elle n'avait pas de voiture. Il la conduisait souvent à droite et à gauche. Je croyais qu'ils se fréquentaient, mais il n'en était rien.

À chacun de ses retours, Brad m'invitait à souper. Un soir, il me fit la cour et m'expliqua qu'il m'aimait et souhaitait que l'on sorte ensemble. Je lui ai expliqué que je ne voulais pas être en couple. Je n'étais pas prête à m'embarquer, à nouveau, dans une relation, d'autant plus qu'il ne m'attirait pas du tout, je le voyais comme un ami. Quelques semaines plus tard, alors que j'avais bu un peu trop de vin, j'ai couché avec lui. Je lui avais avoué que je travaillais dans des clubs de streap-tease. Il m'expliqua que ces endroits pouvaient être dangereux pour moi et qu'il serait prêt à m'entretenir, de telle sorte que je n'aurais plus à travailler.

Nous avions conclu une entente ce jour-là. On devait passer du temps ensemble à chacun de ses retours et, en contrepartie, il s'engageait à me donner de l'argent pour vivre durant ses absences. Je n'avais plus rien à payer. De toute façon, j'étais tannée de ces clubs.

Parfois, je le rejoignais à New-York ou à Miami. Nous avions également séjourné au Mexique, dans un grand hôtel de Cancun. J'avais adoré Cancun, les boîtes de nuit étaient proches de l'hôtel. Je voulais y aller plus souvent, je m'étais fait quelques amies. Brad décida d'y acheter un condo pour que je puisse m'y rendre lorsque je le souhaitais.

Il ne pouvait pas toujours m'accompagner, car son travail ne lui permettait pas de s'absenter fréquemment. J'étais contente d'avoir ma liberté, je n'aurais pas aimé qu'il me suive partout, ce n'était pas mon petit ami. Je n'avais pas de voiture à Cancun, alors il y fit acheminer celle que j'avais et m'en acheta une autre pour me déplacer lorsque j'étais au Québec. Ma voiture était décapotable. Elle était donc d'une plus grande utilité à Cancun. Souvent, je ne prenais pas la voiture, car je sortais beaucoup la nuit et buvais de l'alcool en grande quantité.

J'assistais aussi à des défilés de mode en bikini. Un soir, après un show, nous avons parlé avec quelques filles du défilé. L'une d'elles en était l'organisatrice. Elle me demanda si je voulais participer à son prochain défilé. J'ai accepté avec grand plaisir, mon rêve était de devenir une star ou un mannequin très connu. J'avais des défilés presque tous les mois, puis elle me proposa de faire de la photo en bikini pour des magazines mexicains. J'étais enchantée à l'idée de pouvoir poser.

Cette fille était vraiment gentille et très belle, je voulais être comme elle. Sa maison était immense, remplie de sacoches griffées et de souliers de toutes sortes. Elle était propriétaire de quelques boutiques de vêtements qu'elle concevait elle-même. Elle était la star de son milieu. Souvent, les photos étaient prises à la plage. Lorsque le temps était venteux, j'essayais de garder ma « shape » et d'être en forme. Je devais réduire ma consommation d'alcool et m'exposer moins longtemps au soleil. C'était la grande vie, celle que je désirais tant. J'étais libre et Brad satisfaisait mes moindres requêtes.

Quand je revenais à la maison, je voyais mes amies et ma mère, j'étais contente de revoir les gens que j'aimais, mais je n'avais qu'une hâte, retourner à Cancun. Je restais environ deux semaines au Canada. Toutes mes amies travaillaient et je n'avais pas grand chose à faire. Je magasinais dans les boutiques de vêtements et mangeais souvent seule au restaurant. J'arrivais à m'occuper, mais je trouvais parfois le temps long. J'ai donc acheté un petit chien, que j'avais nommé Chanel, un petit bichon maltais au poil droit, long et blanc. Il était vraiment mignon, je l'emmenais partout et je me sentais moins seule.

À la maison, Lilianne et moi faisions des partys avec une centaine de personnes, on faisait venir un DJ et un traiteur, on chargeait un petit montant pour l'entrée, ça payait une partie des dépenses. La fête terminée, nous devions nettoyer la maison et laver les planchers. C'était tellement sale…, nous devions nous y reprendre à plusieurs fois avant que la maison soit parfaitement propre. Il y avait toujours de l'alcool un peu partout. Certains de nos amis écrasaient même leurs cigarettes par terre.

Nous avons décidé de cesser de faire des partys lorsqu'une bataille éclata à l'extérieur de la maison. La propriété des voisins fut endommagée et la police intervint. Nos partys attiraient de plus en plus de monde. Leur organisation n'était plus vraiment une source de plaisir. La maison était devenue trop petite pour accueillir tous ces gens. On devait ouvrir les fenêtres, car, rapidement, il n'y avait plus suffisamment d'air à l'intérieur.

Naturellement, les voisins se plaignaient de la musique qui résonnait à l'extérieur et nous demandaient systématiquement de refermer les fenêtres. Des manteaux avaient été volés. En somme, il nous aurait fallu une plus grande maison, un vestiaire et des portiers…

Laurie

Un jour, Lilianne m'invita au mariage de l'une de ses amies, j'ai dansé toute la soirée avec David, l'ami du marié. J'adorais ses yeux bleus, il avait un charisme incroyable. Il était très grand, il avait les cheveux longs, très foncés, presque noirs et maintenus par un élastique. Nous avons tout de suite été attirés l'un vers l'autre. Nous nous sommes revus rapidement. À chaque fois que je revenais à la maison, j'avais hâte de le voir. Je lui avais expliqué que je n'étais pas prête à entamer une relation, que mon célibat me convenait et que je ne voulais pas perdre Brad.

Brad n'était pas opposé à ce que je fréquente quelqu'un d'autre, mais il n'était pas question, pour lui, que j'aie une relation sérieuse avec un autre homme. Alors, je continuai à fréquenter David tout en passant du temps avec Brad. Tout était parfait, car je m'amusais avec David et nous n'étions que des amis. Mais plus on se voyait, plus on s'attachait.

J'ai décidé de m'inscrire à un cours de coiffure, car je me disais que si je quittais Brad, je devrais trouver un emploi pour pouvoir vivre décemment. Si Brad disparaissait, je perdrais tout : les défilés, les voyages, la maison, ma voiture, tout. Plus les jours passaient, plus je voyais David. Nous sortions ensemble au moins deux à trois fois par semaine. J'avais maintenant 24 ans, j'étais encore jeune et j'avais toujours envie de traîner dans les bars et danser en discothèque.

Brad commençait à remarquer que j'étais de plus en plus distante en sa présence. Avec le temps, mes sentiments envers David grandirent inexorablement. Brad me posait beaucoup de questions, il me tapait sur les nerfs. Sa locataire, qui habitait au deuxième étage, lui avait dit qu'un homme, toujours le même, venait régulièrement chez moi. Elle ne m'aimait pas, elle voulait prendre ma place et profiter de tout ce que Brad m'offrait. Elle était très contente de voir que quelque chose pouvait briser notre relation.

À la fin d'une soirée entre amis, David m'avoua qu'il était tombé amoureux de moi, qu'il n'avait d'yeux que pour moi et qu'il voulait que nous formions un couple. J'étais du même avis, car, moi aussi, je l'aimais. Je devais maintenant l'expliquer à Brad et l'informer que je ne pouvais plus avoir de relations sexuelles avec lui. J'avais trop de sentiments pour David. Même si je ne voulais pas avoir de petit copain, l'amour était trop fort, plus fort que l'argent et le confort. Après tout, c'était mon plus grand rêve de rencontrer l'homme de ma vie et d'avoir des enfants avec lui, je ne pouvais pas risquer de passer à côté. J'avais seulement mis l'amour entre parenthèses, car je ne voulais plus avoir le cœur brisé. Je ne faisais plus confiance aux hommes, j'avais peur de me faire tricher à nouveau.

Peu de temps après, David commença un nouveau travail, son patron s'appelait Steven. Steven était le propriétaire d'une compagnie de réparation et d'entretien d'ordinateurs, il venait de louer deux locaux et avait besoin de David pour démarrer son entreprise. Ils s'associèrent. David déménagea près de son travail pour éviter d'être pris dans le trafic tous les matins. Il me demanda de venir habiter avec lui. J'ai immédiatement accepté tout lui expliquant que j'allais devoir retourner travailler dans les clubs de streap-tease, le temps de terminer mon cours de coiffure.

Il n'était pas vraiment d'accord, surtout si je devais continuer à me dénuder, mais il ne pouvait qu'accepter, car son salaire ne lui permettait pas de m'entretenir. Je ne cherchais pas non plus quelqu'un comme Brad, je voulais seulement toucher à l'amour et j'étais prête à tout perdre pour y arriver. Brad était jaloux que je me sois trouvée un copain. Il mit la maison en vente et resta mon ami, nous nous donnions des nouvelles de temps en temps. Il comprit que je voulais une famille et des enfants et il était content pour moi.

Après avoir fini mon cours, j'ai commencé à travailler dans un salon de coiffure, l'un des plus grands du centre-ville. J'avais de grandes ambitions, je m'imaginais coiffer les stars dans leur jet privé. Je voulais travailler pour les stars hollywoodiennes. Au début, je ne faisais que laver les cheveux des clientes, je ne comprenais pas comment je pouvais m'améliorer dans ces conditions. N'importe qui pouvait le faire, ce n'était pas ce que j'avais appris. J'étais d'autant plus frustrée que j'avais payé plus cher pour finir mon cours plus vite, j'avais étudié la coiffure dans une école privée.

Les mois passaient et je continuais à faire invariablement la même chose, je n'en revenais pas. Je passais également le balai et faisais d'autres tâches ne requérant aucune qualification. J'étais retournée au stade d'esclave, encore une fois. J'étais encore très loin de coiffer des stars...

Je me fis même insulter par un coiffeur, car je n'avais pas mélangé les bonnes couleurs. Il me traita de bonne à rien et ajouta que je ne pourrais jamais devenir coiffeuse si je faisais des erreurs pareilles. Je partis aux toilettes pour pleurer, je ne pouvais plus en sortir, j'avais les yeux bouffis et rougis. Il me demanda de revenir, il voulait que je recommence son mélange. Quand il vit que j'avais les yeux rouges, il me cria dessus : « *Tu pleures en plus... Bon, laisse faire, je vais m'en occuper tout seul* ».

Il était vraiment méchant. J'ai enlevé mes gants et les ai jetés sur ses pots de peinture. « *C'est fini, c'est la dernière fois que je travaille ici* », lui dis-je. Je ne voulais plus rien savoir de la coiffure, c'était terminé. Quel travail de merde! Encore esclave, partout où je travaillais, je me sentais l'esclave des autres. À l'exception du club de streap-tease, où je pouvais décider de mon horaire et où tout le monde appréciait mon travail.

Je suis retournée travailler au club. Je pouvais y revenir lorsque je le souhaitais. Quelque temps après, David me trouva un travail dans l'entreprise de Steven. J'avais un bon salaire, pas aussi élevé qu'au club de streap-tease, mais très confortable. Il était content que je quitte le club et que je travaille pour lui.

Plus les mois passaient et plus nos revenus augmentaient, la compagnie se portait bien, elle grandissait jour après jour et nous en récoltions les bénéfices. On partait en vacances deux à trois fois par an, je gagnais maintenant le même salaire qu'une streap-teaseuse. On déménagea dans un plus grand condo et on acheta de nouveaux meubles. J'avais maintenant 28 ans et nous commencions à réellement désirer un enfant.

C'était le moment parfait, la compagnie fonctionnait à merveille, je pouvais donc démissionner pour fonder une famille. J'ai arrêté de prendre la pilule et, un mois plus tard, je tombais enceinte. Je ne buvais plus d'alcool. J'étais très fatiguée au début, je m'endormais souvent. Lors des soupers de famille, j'allais parfois m'allonger sur un lit. Ma grossesse se passait très bien, je n'avais aucun vomissement. J'allais avoir une fille. J'avais préparé sa chambre, que j'avais peinte avec des motifs et dans laquelle j'avais disposé de beaux meubles neufs. J'avais tout fait seule, les rideaux, la couverture et les décorations. J'étais très habile de mes mains.

J'approchais du terme de ma grossesse lorsque mon père frappa à la porte. Ça faisait si longtemps que je ne l'avais pas vu, au moins un an. J'étais si contente de le revoir. Je m'étais habituée à ce qu'il disparaisse et réapparaisse quand bon lui semblait. Je le laissais libre de me rappeler quand il le désirait. Je comprenais sa situation, mais il ne s'en rendait certainement pas compte, car je ne lui en avais jamais parlé. Souvent, quand je le rappelais, je constatais qu'il avait à nouveau changé de numéro de téléphone, alors j'attendais qu'il me rappelle. Ce matin-là, je lui fis des crêpes que je lui servis avec du sirop d'érable, il était si content, c'était son petit-déjeuner préféré et je ne le savais même pas... Je lui avais proposé de revenir quand il le désirerait et promis que je lui referais des crêpes.

Quelque temps plus tard, un samedi, je perdis les eaux. Heureusement que David était avec moi. J'étais aux toilettes lorsqu'une grosse flaque se forma par terre. Je suis restée figée sur place et j'ai commencé à pleurer. Je croyais que j'allais accoucher d'une minute à l'autre, j'avais peur d'avoir mal ou que mon bébé souffre. David appela l'hôpital pour savoir quoi faire. J'étais vraiment surprise d'apprendre que j'avais tout mon temps pour me rendre à l'hôpital et finir ma valise. Il me manquait seulement des culottes de maternité, je n'avais, en fait, que des strings à la maison. J'ai pris avec moi une serviette à main pour éviter de mouiller mon legging et nous sommes allés dans une boutique de lingerie.

À mon arrivée à l'hôpital, je n'avais pas encore de contractions. J'ai eu le temps de me faire des tresses et d'aller manger quelque chose à la cafétéria. Quand les contractions ont commencé, c'était terrible. C'était la première fois de ma vie que j'avais aussi mal, j'avais envie de mourir, mais je savais que je luttais pour la plus belle chose au monde, alors j'ai résisté jusqu'à la fin. Quand elle sortit, c'était magique, j'étais surprise qu'elle soit en un seul morceau. Nous l'avons appelée Laurie.

Lorsque nous avons quitté l'hôpital, David conduisit si lentement que nous avons mis plus du double de temps pour revenir à la maison. Nous roulions à 20 kilomètres/heure, de peur qu'un véhicule percute la voiture et blesse le bébé. À la maison, j'ai enlevé les belles couvertures que j'avais confectionnées ainsi que le contour de couchette pour que Laurie ne s'étouffe pas. Je m'informais sur tout pour qu'elle ne manque de rien et qu'elle soit en sécurité. J'avais gardé mon petit chien, mais donné mon chat, car il s'était couché dans le lit de Laurie.

Laurie eut la jaunisse et devait absolument boire plus de mon lait. Elle avait énormément de difficultés à téter. J'avais demandé à une infirmière de m'assister, je croyais que c'était la fin du monde et j'étais totalement désemparée. J'ai dû m'acheter un tire-lait. Laurie combattait la jaunisse et les infirmières voulaient que je continue à l'allaiter, mais je ne pouvais tout simplement plus. Je passais toutes mes journées dans ma chambre à tirer mon lait.

David me demanda d'arrêter d'allaiter, car j'étais au bord de la dépression. C'était la solution la plus sage. Lorsque j'ai commencé à donner le biberon, j'étais vraiment soulagée, car Laurie se nourrissait parfaitement, elle avait l'air en bonne santé et je pouvais, enfin, faire autre chose que passer mon temps à essayer de la nourrir. Sa jaunisse partit grâce au lait maternisé.

Les mois passèrent et Laurie avait toujours un petit retard comparativement aux autres enfants. Elle marcha environ trois à quatre mois plus tard que la majorité d'entre eux. Elle était beaucoup plus calme que les autres bébés, si bien que je me réveillais durant la nuit pour vérifier qu'elle était toujours en vie. Elle n'avait presque pas de coliques. J'allais chez le pédiatre tous les mois et tout allait toujours bien, elle était en pleine santé. Je restais avec elle à la maison et je pensais à avoir un autre enfant. Je m'occupais des repas et du ménage, comme dans l'ancien temps.

Un jour, David débarra la porte de son lieu de travail et s'aperçut, en entrant, que tout le matériel informatique avait disparu. Il m'appela et me demanda si j'étais au courant. Peut-être que Steven avait laissé un message à la maison... Mais je n'avais reçu aucune nouvelle. Il se précipita dans l'autre local. Plus rien non plus. Plus rien, aucun ordinateur, pas même un fil. Il appela Steven, mais son numéro de téléphone n'était plus en service. On ne savait pas où il habitait. On n'avait aucune photo de lui ni numéro de plaque de véhicule en mémoire, rien. Seulement son nom. Il avait volé les équipements. Tout l'argent que nous avions investi dans cette entreprise venait de s'évaporer.

David déposa une plainte au commissariat le plus proche, mais le nom qu'il donna au policier n'était, en fait, pas le vrai nom de Steven. Steven s'était donné un faux nom pour nous arnaquer. Il était si gentil et serviable que nous n'avions jamais pensé qu'une chose pareille pourrait nous arriver. Il avait sûrement disparu pour continuer à extorquer d'autres personnes. On était pris au piège avec notre grand condo à prix coûteux. Un vieil ami de David lui offrit un emploi de menuisier. David avait de l'expérience dans ce métier.

Pour subvenir à nos besoins, je dus travailler dans une boutique de vêtements, trouver une garderie pour Laurie et abandonner, au moins pour le moment, l'idée d'avoir un autre enfant. Je n'étais pas habituée à recevoir un salaire aussi faible, je n'arrivais pas à payer toutes mes factures. Je gagnais un peu près le tiers de mes dernières paies. J'ai proposé à David de retourner travailler dans les clubs de streap-tease en attendant qu'il crée une autre compagnie. J'avais l'impression de régresser avec cet emploi. Je voulais une maison pour mes enfants et voyager avec eux, avoir une belle vie mouvementée.

David n'était pas vraiment d'accord, mais on n'avait pas le choix. On aurait pu vivre, à nouveau, dans un petit logement, bien des gens le font et sont très heureux. Je voulais réussir et l'idée de retourner à la case départ, dans les bars, me désespérait. Mes ambitions dépassaient largement mon statut de l'époque. J'ai donc décidé de retourner faire du streap-tease. David travaillait les fins de semaine. Pendant ce temps, j'emmenais Laurie au centre d'achat. Je la promenais en poussette, aussi bien dans les boutiques qu'à l'extérieur, elle adorait ça.

La différence

Un jour, Laurie et moi sommes allées manger dans un petit restaurant à comptoir. Elle était assise sur une chaise haute et commença à manger ses macaronis. Après deux bouchées, elle se mit à crier comme si je lui avais fait mal, elle lança tous les macaronis par terre et tapa sur la tablette de la chaise.

Tout le monde nous regarda, je dus la prendre dans mes bras et interrompre le dîner. Je n'y comprenais rien, elle qui était habituellement si tranquille. Elle semblait possédée, je ne la reconnaissais plus. Elle marchait, alors j'ai essayé de lui faire prendre une petite marche pour lui changer les idées. Il n'y avait rien à faire, elle se roulait par terre et criait sans arrêt. Nous sommes reparties en voiture, mais elle continuait à pleurer de manière ininterrompue. J'ai pleuré à mon tour, car je me demandais ce qui avait bien pu lui arriver pour qu'elle se mette dans un tel état.

Le lundi, j'ai demandé à sa gardienne s'il était arrivé quelque chose à Laurie la semaine d'avant. « *Rien à signaler* », me dit-elle. Quelques semaines plus tard, je l'ai retirée de la garderie, je pensais que, peut-être, quelqu'un l'avait brusquée. Mes revenus ayant augmenté, j'ai décidé d'engager une nourrice pour s'occuper de Laurie à la maison. Elle vint s'établir chez nous, elle dormait sur un divan-lit dans le salon. En plus de garder Laurie, elle faisait le ménage et la vaisselle. Laurie criait chaque fois que je partais travailler. Peut-être que la nourrice était agressive avec elle... Comment se faisait-il alors que je tombe toujours sur des gardiennes méchantes? J'avais pourtant un sixième sens développé.

J'ai demandé à David de mettre une caméra pour m'assurer de la fiabilité de notre nourrice, qui, au passage, nous avait déjà menti à propos d'une tâche sur un divan. Le visionnage de la caméra ne nous apprit rien de nouveau, la gardienne semblait correcte avec Laurie, mais j'avais lu dans une revue qu'on ne doit pas laisser son enfant dans un établissement s'il y pleure constamment. Nous avons donc renvoyé la nourrice et je partis à la recherche d'une garderie familiale près de la maison. Il y en avait justement une à deux rues de chez nous. Lors de la visite des lieux, Laurie semblait aimer cet endroit ainsi que son personnel. Je pouvais maintenant me rendre au travail l'esprit tranquille.

Laurie avait presque trois ans. Elle s'amusait à ouvrir et fermer les portes des armoires sans arrêt. Elle avait également pris l'habitude d'examiner la fixture des portes pendant plusieurs minutes... David et moi en rigolions et pensions qu'elle inventerait un nouveau système de porte! Quant aux moustiquaires, elles les ouvraient et les refermaient constamment, peut-être allait-elle devenir portière!

Elle ne prononçait aucun mot, même pas papa ni maman, mais elle était capable d'identifier les lettres de l'alphabet, les chiffres et les couleurs. Je ne comprenais pas comment elle avait pu apprendre tout ça et que, dans le même temps, elle ne soit pas capable de prononcer de petits mots très simples.

Je la comparais avec son cousin qui avait pratiquement le même âge. Je commençais à me préoccuper de son évolution, qui était différente de celle des autres enfants, je voyais bien qu'il y avait quelque chose, mais je n'arrivais pas à mettre le doigt sur le problème. La gardienne me proposa d'aller voir un pédiatre pour lui demander si tout était correct du côté du langage, car elle avait pris du retard. Les mois passaient et Laurie parlait toujours aussi peu. La gardienne m'expliqua qu'elle s'était déjà occupée d'un enfant qui ne parlait pas, c'était un enfant autiste.

En revenant chez moi, je me mis à regarder sur Internet ce qu'était l'autisme. Je me disais que c'était impossible, que mon enfant ne pouvait pas être comme ça. J'avais tout fait pour qu'il ne lui arrive rien. Je n'avais pas bu une goutte d'alcool, ni fumé, je m'étais très bien alimentée durant ma grossesse et j'avais même fait le test de la trisomie 21 pour m'assurer que mon enfant ne naîtrait pas handicapé. J'étais sûre que c'était impossible, pas ma fille, elle ne pouvait pas être autiste. Ma manucuriste en conclut également au même diagnostic. J'étais troublée, j'ai commencé à regarder de plus en plus de vidéos et de reportages sur ce sujet et je me rendais bien compte que le comportement de ma fille ressemblait à celui d'un enfant autiste. Le temps passait et je me disais qu'elle allait, peut-être, se mettre à parler tout d'un coup et que mes doutes s'évanouiraient en même temps.

Nous avions prévu de vendre notre condo et de déménager dans notre nouvelle maison. David faisait quelques rénovations dans l'appartement pour que nous puissions le vendre rapidement. Trois mois plus tard, notre condo était vendu. Nous avons déménagé, notre nouvelle maison se trouvait en banlieue. C'était une maison avec une grande arrière-cour qui donnait sur une petite rue tranquille. Situation parfaite pour une famille avec un ou plusieurs enfants. Nous avions, enfin, suffisamment de place pour inviter nos amis. Presque chaque fin de semaine, nous soupions avec eux et leurs enfants.

Je constatais que Laurie était différente, elle avait maintenant quatre ans et ne parlait toujours pas, ce n'était pas normal du tout. Je devais faire quelque chose. J'ai commencé par consulter un orthophoniste privé. C'était dispendieux et nous devions faire quarante-cinq minutes de route pour le rencontrer. Il n'y avait aucun autre orthophoniste disponible près de chez nous. C'était une chance que je travaille comme streap-teaseuse, car je n'aurais jamais pu payer ses honoraires avec un emploi ordinaire. Nous venions d'emménager dans le secteur. J'étais donc sur une liste d'attente pour une place dans un centre de la petite enfance.

J'inscrivis Laurie dans une garderie privée pour qu'elle ait un meilleur encadrement. La garderie, l'orthophoniste privé que nous rencontrions chaque semaine et celui qui se déplaçait à la garderie pour Laurie me coûtaient le montant d'une hypothèque. Je n'avais pas le choix, je voulais que mon enfant reçoive les meilleurs soins pour qu'elle rattrape son retard et puisse aller à l'école comme tout le monde. Je faisais plus d'heures pour que nous puissions tout payer. Je m'inscrivis auprès du gouvernement pour bénéficier de ces services gratuitement. Après quelques mois, je réussis à les obtenir, mais je n'avais toujours pas de diagnostic. On me disait qu'elle était encore trop jeune pour que je puisse en obtenir un fiable. Elle bénéficiait plutôt de soins pour la dyslexie.

À cinq ans, j'ai voulu savoir à tout prix ce qu'elle avait, je n'arrivais plus à vivre dans le doute et je me disais que si je connaissais exactement ce qu'elle avait, je pourrais mieux l'aider. Après avoir lourdement insisté, Laurie a pu, enfin, passer des tests neuropsychologiques. Quelques rendez-vous plus tard, le diagnostic tomba. Laurie était bel et bien autiste, mais de « haut niveau », elle était donc capable d'apprendre et d'aller à l'école.

J'aurais préféré qu'elle n'ait rien, mais j'étais tout de même contente de savoir qu'elle pourrait aller à l'école. Laurie était au degré d'autisme le plus faible. Elle avait un TDAH, mais pas d'hyperactivité. J'ai acheté un livre sur l'autisme pour mieux comprendre mon enfant. Avec ma fille, nous répétions à la maison les exercices que l'orthophoniste lui faisait faire dans son cabinet. Il y avait beaucoup de jeux de société. Plus on pratiquait, plus son langage progressait.

Loin des yeux, près du cœur

Je n'avais pas vu mon père depuis la naissance de Laurie. On s'était parlé au téléphone, mais il ne nous avait pas rendu visite. J'étais tellement occupée avec les orthophonistes et mon enfant que j'en avais même oublié de l'appeler pour la fête des pères. Une semaine après, je reçus un appel de son meilleur ami. Il était décédé, on l'avait retrouvé mort sur son divan, assis devant la télé. C'était atroce, je ne l'avais plus vu depuis plusieurs années. Son ami m'indiqua l'endroit où il habitait.

Je me suis rendu à son appartement. Je devais récupérer ses affaires personnelles. J'étais son seul enfant, donc son unique héritière. Il y avait beaucoup de flacons de pilules sur le comptoir de la cuisine. C'était un appartement un et demi. Connaissant mon père, je savais maintenant pourquoi il ne m'avait jamais invitée chez lui. Son logement était très petit. J'ai senti ses vêtements pour me rappeler l'odeur de son parfum et trouvé un papier sur lequel était écrit : « Donnez-moi le courage d'aller voir ma fille et son enfant ».

Je compris qu'il voulait me voir et qu'il m'aimait. Il ne se désintéressait pas de moi, il avait seulement peur de je ne sais quoi. Il était décédé d'une overdose de cocaïne et de pilules, sûrement pour oublier. Je me suis sentie coupable de ne pas l'avoir appelé pour la fête des pères. Ça ne m'était jamais arrivé de perdre quelqu'un de cette manière. Habituellement, les gens tombent malades avant de mourir, on peut leur dire adieu avant qu'ils partent. J'avais l'impression que je le cherchais, qu'il réapparaîtrait quelque part.

Quelques semaines après sa mort, les jouets de Laurie se mirent à s'allumer tout seul, son toutou en peluche parla et me dit : « Coucou, c'est moi, je te vois ». Cette peluche parlait si on lui touchait la main ou le ventre, mais je ne l'avais même pas effleurée. Un peu plus tard, alors que je passais la balayeuse, un jouet musical accroché au lit de Laurie diffusa de la musique. Je n'avais, pourtant, pas accroché le lit ni touché ce jouet. Il s'arrêta tout seul. J'avais déjà entendu parler des fantômes et écouté des témoignages à la télévision, mais je n'y croyais pas, certainement parce que cela ne m'était jamais arrivé auparavant.

Je dis alors à voix normale : « Si c'est toi, papa, qui as fait fonctionner ces jouets, refais-le maintenant ». Et l'aquarium musical se mit à jouer de la musique. Je peinais à croire qu'il était derrière cet ensemble de phénomènes. Je pensais qu'il s'agissait d'une coïncidence. Dans mon auto, les stations musicales changeaient toutes seules et les phares s'allumaient lorsque j'avais fini de travailler. Je pris un rendez-vous chez mon garagiste pour faire vérifier ma voiture. Tout était normal, la radio et les phares étaient en bon état. Je suis retournée chez moi sans trop me préoccuper du diagnostic.

Quelques temps après, les mêmes phénomènes reprirent. Je commençais à penser sérieusement que mon père était derrière tout cela. Je ne voulais pas en parler à David, j'avais peur qu'il me pense cinglée! Je ne prenais pas de drogue, je buvais seulement quelques verres de vin chaque jour, rien de plus. Parfois, je sortais avec mes amies et je buvais quelques verres de trop…, mais je ne prenais jamais ma voiture dans ces cas-là.

Je fis seulement une exception à cette règle. Une des filles qui travaillaient avec moi fêtait son anniversaire. Nous avions bu beaucoup de shooters, je pris, tout de même, ma voiture au retour. J'étais seule et il était tard. J'avais de la difficulté à voir la route, j'étais très fatiguée. En un instant, je me suis retrouvée dans un fossé. J'ai essayé de sortir de la voiture, mais de la boue m'empêchait d'ouvrir complètement la porte. Je ne reconnaissais pas du tout la maison qui se trouvait près de mon auto, je n'avais aucune idée de l'endroit où je me trouvais.

Finalement, je réussis à sortir de la voiture, puis je me suis précipitée vers cette maison pour demander de l'aide. Mon auto était prise dans la boue et je ne pouvais pas l'en sortir, mais elle n'était pas endommagée, pas même une rayure, et le coussin gonflable ne s'était pas déclenché. Je n'avais aucune blessure ni égratignure. J'avais beau sonner à la porte de la maison, personne ne répondait. Je n'avais pas d'autre choix que de revenir sur le bord de la route pour faire du pouce. Un véhicule s'arrêta. Une femme était au volant, j'étais rassurée que ce ne soit pas un homme. Elle s'en allait travailler, il était trois heures du matin et j'étais encore ivre. Elle était si gentille qu'elle m'aida à retrouver mes esprits et me reconduisit chez moi.

J'ai expliqué la situation à David. Cela ne semblait pas l'inquiéter. Peut-être était-ce parce qu'il avait été aussi le témoin de tels phénomènes... Je m'attendais à me faire réprimander, mais il avait l'air de comprendre. Le lendemain, nous sommes allés chercher ma voiture avec un remorqueur. Elle était toujours dans le fossé, dans le sens inverse de la circulation. Le remorqueur la sortit sans difficulté.

Je me sentais tellement chanceuse d'être encore en vie. C'était presque impossible que je sois en un seul morceau, et mon auto aussi. J'aurais pu faire un face-à-face, blesser quelqu'un, mourir ou encore rester emprisonnée dans ma voiture. Quelque temps après mon accident, je suis repassée au même endroit. Le gazon y était plus vert et plus beau que partout autour. J'avais appris de cette expérience que je ne devais plus prendre mon auto dans un état alcoolisé et que tout pouvait basculer d'un moment à l'autre.

Au club, beaucoup de clients ne venaient que pour moi. L'un d'eux, en particulier, s'y rendait même deux à trois fois par semaine. Il s'attachait et voulait que je sorte avec lui. Je lui disais que je ne pouvais pas, que j'avais une famille. Il était jaloux des autres clients et m'attendait sur le stationnement du club avant que je commence mon travail. Il me donnait beaucoup d'argent, il s'attendait peut-être à ce que je change d'avis.

Je commençais à le trouver fatiguant. Pour me rendre jalouse, il payait une tournée à toutes les filles, sauf à moi. Je le surpris à me suivre un soir après avoir fini mon travail. Je pris alors un autre chemin pour qu'il ne puisse pas me suivre jusque chez moi. J'ai changé de club, car cet homme devenait dangereux. Il me brusquait et me provoquait lorsque je m'adressais aux autres clients. J'étais contente de ne plus le voir, car je commençais à mal dormir. Je n'ai plus entendu parler de lui. J'avais, enfin, l'esprit tranquille.

Partir en vacances était devenu, pour moi, une priorité. Avec David et Laurie, nous sommes partis une semaine en Jamaïque. Tout y était magnifique et de nombreuses activités étaient accessibles aux enfants, telles que les glissades d'eau. Laurie était encore petite, elle aimait jouer à la plage. Elle remplissait de sable ses seaux et les vidait. Laurie faisait toujours les mêmes gestes, remplir et vider ses seaux sans arrêt. Je devais l'aider à jouer à d'autres jeux, car elle restait confinée dans son monde. Les autres parents, eux, couraient de gauche à droite à la poursuite de leurs enfants.

À l'occasion d'une belle journée ensoleillée, Laurie perdit ses seaux. Je partis en acheter d'autres. Au magasin, la vendeuse me conduisit au rayon dédié aux jouets pour la plage. En regardant dans le miroir du comptoir à lunettes, je vis le visage de mon père. J'ai alors regardé une seconde fois dans ce miroir pour m'assurer que je n'avais pas eu une hallucination. C'était, désormais, mon visage qui y apparaissait. J'étais, toutefois, persuadée de l'avoir vu quelques secondes auparavant. J'ai rejoint Laurie et David à la plage. J'avais pleuré, je ne savais pas si c'était de peine ou de joie. Je ne voulais pas parler de ce qui m'était arrivé, mais ce fut plus fort que moi. David semblait croire ce que je lui disais, mais sans trop y prêter d'importance, si bien que je n'étais pas certaine qu'il me comprenait.

Pendant ces vacances, nous avons entendu à plusieurs reprises la même chanson, « Somewhere over the rainbow ». Je ne l'avais jamais écouté auparavant. Je ne suis pas quelqu'un sensible aux paroles des chansons en temps normal, mais une force me poussait à lire attentivement celles de cette chanson. C'est alors que je compris qu'il s'agissait d'un message de mon père.

Paroles de « Somewhere Over The Rainbow »

Ohoooo oohoohooo oooho
Ohoooo oohoohooo oooho

Somewhere, over the rainbow, way up high,
Quelque part, au-delà de l'arc-en-ciel, bien plus haut,
There's a land that I heard of once in a lullaby.
Il y a une contrée dont j'ai entendu parler une fois dans une berceuse.

Somewhere, over the rainbow, skies are blue,
Quelque part, au-delà des arcs-en-ciel, les ciels sont bleus,
And the dreams that you dare to dream really do come true.
Et les rêves que tu oses rêver deviennent vraiment réalité.

Someday I'll wish upon a star
Un jour, je ferai un souhait en regardant une étoile
And wake up where the clouds are far behind me.
Et je me réveillerai à l'endroit où les nuages sont loin derrière moi.
Where troubles melt like lemon drops
Où les ennuis fondent, telles des gouttes de citron
Away above the chimney tops
Bien au-dessus des cheminées
That's where you'll find me.
C'est là où tu me trouveras.

Somewhere over the rainbow, bluebirds fly,
Quelque part au-delà de l'arc-en-ciel, les merlebleus volent,
Birds fly over the rainbow,
Les oiseaux volent au-delà de l'arc-en-ciel,
Why then, oh why can't I?
Alors pourquoi, oh, pourquoi ne le puis-je pas?

If happy little bluebirds fly
Si de joyeux petits merlebleus volent
Beyond the rainbow,
Au-delà de l'arc-en-ciel,
Why oh why can't I?
Pourquoi, oh, pourquoi ne le puis-je pas?

Mon père voulait me dire qu'il était là et ce qu'il ressentait. La chanson débute par « Ohoooo », mon père m'écrivait la même chose dans ses courriels. C'est à ce moment-là que j'ai compris que c'était bien lui. Même si je n'en avais pas la preuve formelle, c'était évident qu'il tentait de communiquer avec moi. Je le sentais au plus profond de mon être. J'ai pleuré, j'étais vraiment heureuse. David se demandait ce qui se passait dans ma tête. En fait, il ne croyait pas à ces choses-là... Ce que je comprenais fort bien, car, moi aussi, avant de percevoir ces signes, je ne croyais pas non plus au paranormal.

Une relation en berne

Nous avions chacun une soirée de planifiée le samedi suivant notre retour de voyage. David, un « *bachelor party* » et moi, un « *bachelorette party* ». La future mariée avait invité un danseur déguisé en pompier, nous avons dansé entre filles et joué au billard, puis nous sommes allées dans une discothèque, tout le monde but beaucoup d'alcool. Nous sommes toutes retournées dormir chez la future mariée. Nous étions supposées déjeuner ensemble le lendemain matin, mais je partis plus tôt que prévu, car je voulais me recoucher dans mon lit. Je ne dormais pas bien sur les matelas gonflables.

À la maison, David, ivre, dormait avec deux femmes dans notre lit. J'étais sous le choc, les filles sont parties dès qu'elles m'ont vue. David fut surpris, il avait l'air figé et ne parla pas pendant de longues minutes. Il ne pensait pas que je reviendrais aussi tôt. Quant à moi, je ne savais même pas qu'il serait à la maison. Un de ses amis dormait sur un matelas au sous-sol. Il m'expliqua que rien n'était arrivé et que ces filles étaient juste les amies d'un autre de ses amis. Je commençais à refaire confiance aux hommes lorsque cela arriva.

Je ne voyais plus David de la même manière. J'avais l'impression de vivre avec un inconnu. Qu'avais-je encore fait pour que mon copain aille voir ailleurs? Je ne comprenais rien. J'ai séjourné dans un hôtel avec Laurie pendant quelques jours pour tenter d'oublier ce qui venait de se produire. Je ne pouvais pas quitter David, car Laurie était très jeune. Je ne voulais pas non plus avoir une réaction impulsive et le regretter ensuite. J'aimais encore David, mais je savais depuis longtemps qu'il me tromperait. J'essayais de me convaincre que ce n'était que dans ma tête.

À notre retour, David était content de me revoir et moi aussi. Je ne voulais pas que nous nous séparions, je voulais avoir une famille unie pour la vie. L'harmonie que nous avions, en famille et avec nos amis, était si belle que je n'aurais jamais pu me séparer de lui à ce moment de ma vie. Nous faisions de nombreuses activités avec Laurie et les enfants de nos amis, on soupait régulièrement ensemble. Nous rencontrions environ deux fois par mois nos parents respectifs.

Tout le monde nous enviait. Nous étions comme des âmes sœurs, des êtres inséparables qui ne se querellaient jamais. Laurie continuait les séances d'orthophonie, elle parlait presque aussi bien que les enfants de son âge. Elle était maintenant capable de jouer à des jeux en groupe. Je l'inscrivis à l'école, elle était dans une classe normale, quelques orthophonistes se déplaçaient pour la suivre. Elle se choquait quand elle ne réussissait pas ce qu'elle entreprenait et persévérait jusqu'à ce qu'elle atteigne son but. Quand elle a commencé à faire du vélo, elle n'était pas capable de pédaler, je me souviens que sa motricité fine était peu développée. Elle se fâchait, recommençait et se blessait, elle voulait tellement réussir qu'après deux semaines, on aurait cru qu'elle était née avec un vélo dans les mains.

Au printemps, Mayla m'invita, à la dernière minute, à partir en voyage avec elle à Las Vegas. Je n'étais pas certaine de pouvoir l'y accompagner, mais j'ai finalement accepté. Cela faisait tellement longtemps que je n'avais pas participé à des activités entre filles seulement. Je me rendais à Las Vegas pour la première fois. On avait une très belle chambre avec une vue sur le *Bellagio*. Le premier soir, nous avons pris un verre en jouant aux machines à sous, mais le service était tellement lent que ça nous coûtait plus cher en machine à sous qu'en boissons.

En journée, nous retournions toujours au même endroit, dans un club où des stars hip hop venaient chanter et où des femmes dansaient sur les speakers. Les places pour s'asseoir, et encore davantage les lits pour s'étendre au soleil, coûtaient un prix exorbitant, mais tout le monde voulait nous inviter, alors on ne payait rien. Les hommes nous offraient des consommations. Nous avons même embarqué dans une limousine avec un groupe de vacanciers qui nous ont emmenées dans un club de streap-tease. Une banquette avait été réservée et quelques bouteilles d'alcool nous ont été offertes, des filles dansaient pour nous. Leur facture monta à quatre mille dollars. Je n'avais jamais vu une somme pareille dépensée dans un club de streap-tease. Les hommes du groupe nous ont ramenées à notre hôtel et voulaient nous suivre jusque dans notre chambre. Par chance, on a réussit à se défiler. Ils ne nous en ont pas tenu rigueur et nous ont même invitées à déjeuner le lendemain matin, car ils prenaient l'avion dans l'après-midi.

Le surlendemain, nous sommes retournées à la piscine que nous fréquentions durant la journée. J'avais une mission, embrasser un homme, car je n'avais touché aucun autre homme que David depuis quelques années. Je voulais savoir si j'étais encore désirable. Je m'en voulais de m'être privée tout ce temps, alors que mon copain se permettait de prendre du plaisir en mon absence. Il aurait probablement été plus sage de lui pardonner, de me dire qu'il ne recommencerait pas et de tout oublier, mais je n'étais qu'un être humain et la tentation était plus forte que moi. Je voulais m'amuser et ne pas me priver.

J'ai commencé à chercher autour de la piscine quelqu'un qui pourrait m'intéresser. Il y avait un homme musclé, bronzé, les yeux d'un bleu éclatant, sans tatouage sur le corps, il avait des cils plus longs que les miens. Bref, il était parfait! Il sortait de la piscine et l'eau qui ruisselait sur son torse scintillait au soleil. J'étais assise à côté de Mayla. Deux filles lui parlaient, elles avaient l'air de deux tigresses en chaleur. Je restais loin de lui et commençais à me mettre de la crème solaire d'une manière sensuelle. Il m'avait remarquée, j'avais peine à croire que je pouvais attirer l'attention d'un homme pareil. Il ressemblait à un chippendale, j'étais certaine qu'il faisait partie de cette troupe de danseurs. Il disparut, c'était trop beau pour être vrai. Il était sûrement parti avec les deux autres filles.

Une quinzaine de minutes plus tard, il revint. J'étais au bar en train de siroter un breuvage lorsque Mayla me donna un coup de coude. Il venait vers nous, il était accompagné d'un ami. J'avais le souffle coupé, il me demanda si nous voulions nous asseoir avec eux sur le lit qu'ils avaient loué au bord de la piscine. J'essayais de ne pas le laisser paraître, mais je me sentais coincée, je regardais ses yeux, bleus comme la mer, et je ne voyais plus rien autour. Ils nous ont invitées à souper, le soir même, dans un restaurant asiatique. Nous les avons quittés pour nous changer. Nous n'étions pas certaines qu'ils nous rejoindraient, car ils étaient si beaux et si gentils. Nous avions mis nos plus belles robes. Nous les attendions à l'entrée du restaurant, ils arrivèrent avec environ dix minutes de retard. Ils portaient des vestons noirs et un t-shirt en dessous, c'était la tendance en vogue à l'époque.

Nous avons terminé la soirée dans notre chambre. Nous étions en train d'ouvrir une bouteille de champagne lorsque quelqu'un frappa à la porte. Nous n'avions pas le droit de faire entrer des personnes extérieures à l'hôtel dans notre chambre, selon le garçon d'étage. Nous lui avons répondu qu'il n'y avait personne d'autres que nous deux dans la chambre. J'avais peur qu'on se fasse prendre, mais, à vrai dire, on ne faisait rien de mal. Ils sont restés coucher dans la chambre. Nous avons passé une belle soirée et nous nous sommes embrassés sur le balcon.

J'étais contente de me coller à un autre homme. Ce que je désirais le plus, c'était me sentir désirée et recevoir de l'affection. J'aurais probablement accepté de seulement dormir avec lui, mais il m'aurait trouvée étrange. Ils sont repartis le lendemain matin en nous laissant leur numéro de téléphone. Ils habitaient à Los Angeles, c'était très loin de chez nous. Quelques jours après mon retour de vacances, j'ai avoué à David que j'avais rencontré un homme. Il comprit mon geste, car il m'avait déjà trompé. J'ai apprécié sa réaction.

Le temps passait et le jour de l'An arrivait à grands pas. Laurie avait une gastro, nous avons donc décidé de ne pas réveillonner avec la famille du côté de ma mère. La veille du réveillon, j'avais fait un rêve étrange. Une voix m'avait appelée, c'était mon père. « Allooooo », me disait-il. Cela m'a réveillée, la voix continuait comme une interférence, comme si elle voulait que je décroche un téléphone. Mon père voulait m'avertir de quelque chose, mais je ne comprenais pas ce dont il s'agissait. Laurie, David et moi avons fêté à la maison le passage à la nouvelle année : nous avons regardé un film et nous nous sommes couchés tard.

Le lendemain, Laurie s'étant levée tôt, nous avons décidé de faire une sieste après le dîner. J'étais fatiguée, mais je n'arrivais pas à dormir et je ne savais pas pourquoi. Le détecteur de fumée se mit à sonner, j'avais peut-être oublié d'éteindre le four. Je me suis précipitée dans la cuisine, je n'y ai rien constaté d'anormal. Lorsque j'ouvris la porte du garage qui communiquait avec la cuisine, une grosse boucane noire jaillit. J'ai refermé la porte aussitôt et je suis montée à l'étage en criant : « Au feu! » Tout s'est passé si vite. David se leva, il était encore à moitié endormi. À toute vitesse, j'ai habillé

Laurie avec des vêtements chauds. David constata que ce n'était pas une farce, qu'il y avait bel et bien le feu. Tous nos manteaux, bottes et souliers étaient dans le garage et il y avait une bonbonne de propane à l'arrière, j'avais peur qu'elle explose. Je sortis les pieds nus dans la neige pour emmener Laurie dans l'auto. Je faisais ce que je croyais être le mieux pour qu'on sorte sain et sauf de cette mésaventure, sans me préoccuper du reste.

En fermant la portière du véhicule, j'entendis quelque chose tomber dans le garage, je croyais que c'était David. J'ai essayé d'ouvrir la porte avec la télécommande, mais cela ne fonctionna pas. Je suis sortie de l'auto et j'ai essayé avec mes mains. Je criais son nom et frappais sur la porte avec découragement. Je suis retournée à l'intérieur par l'arrière, je ne sentais plus mes pieds. David n'était pas dans le garage, j'étais soulagée. Je croyais que je devrais braver les flammes pour le sauver et que nous allions périr. David était retourné dans le salon pour prendre son cellulaire, puis nous nous éloignâmes de la maison pour appeler les secours. Le temps me parut si long avant que les pompiers n'arrivent. Par chance, le feu s'était étouffé.

Le garage avait brûlé et tout ce qui était rangé à l'intérieur avait disparu. Le reste de la maison était intacte, mais il y avait de la boucane partout. Elle fut inhabitable pendant un mois, nous avons dû louer un condo, le temps qu'elle soit nettoyée et repeinte. Nous avions laissé une chandelle allumée dans le garage avant d'aller faire la sieste et le chat avait sauté dessus. La chandelle était tombée et avait provoqué le feu. Le bruit que j'avais entendu était celui du chat qui se débattait pour survivre.

Je pensais qu'un peu de vacances nous aiderait à penser à autre chose, même si Laurie ne semblait pas affectée par cet événement. Quant à David, il arrivait à contrôler ses émotions. Nous sommes partis au Mexique. J'avais de la difficulté à respirer et à marcher, je ne savais pas ce que j'avais. Je me sentais comme une personne âgée. Je devais m'asseoir toutes les dix minutes, je ne pouvais même pas boire un verre de vin. Je n'ai aucunement profité de mes vacances. Tout le long, j'ai combattu ce malaise inconnu. Je pensais souffrir d'un cancer ou d'une autre grave maladie. David voulait s'amuser, mais, moi, je n'y arrivais pas. J'étais prise au piège dans mon corps défaillant. David partit un soir se divertir avec quelques personnes que nous avions rencontrées sur place. J'étais restée dans la chambre avec Laurie et j'ai pleuré. Je croyais que ma vie était finie, que j'allais mourir.

En revenant de voyage, j'ai consulté un médecin, il me demanda si j'avais subi un choc récemment. Je lui répondis qu'un feu s'était déclenché dans ma maison, mais que tout s'était bien terminé. Il m'expliqua que j'avais vécu un traumatisme et que c'était probablement cet événement qui me perturbait. C'était devenu compliqué, pour moi, de conduire mon auto, je devais m'arrêter à mi-chemin, reprendre ma respiration et repartir. J'empruntais les petites rues, car les autoroutes me rendaient anxieuse. Cette sensation persista environ deux ans.

Une transition douloureuse

David travaillait le plus souvent durant les fins de semaine. J'allais donc seule dans les parcs d'amusement avec Laurie. Elle adorait glisser et jouer avec les balles en plastique au parc récréatif situé près de chez nous. Peu à peu, je m'éloignais de David. Nous ne nous querellions pas, mais on ne faisait presque plus rien ensemble. Je n'étais plus certaine de pouvoir lui faire confiance. Je craignais qu'il voie quelqu'un d'autre, car il était de moins en moins présent. Un samedi, en arrivant devant le parc d'amusement, Laurie et moi avons constaté que la bâtisse était entièrement calcinée et qu'elle jonchait le sol. L'endroit avait été fermé.

Laurie voulait absolument glisser sur le toboggan, alors je me suis mise à la recherche d'un autre parc. J'en ai trouvé une à environ trente minutes de la maison. C'était le même genre d'endroit, mais en mieux. J'y retournais à chaque fois que la température ne permettait pas à Laurie de jouer à l'extérieur. Je rencontrais d'autres parents et Laurie se faisait des amis. Un petit garçon prénommé Eliott jouait souvent avec elle. Bryan, son papa, vint se présenter à moi. Nous avons échangé nos numéros de téléphone pour que les enfants puissent jouer ensemble plus souvent. Chaque fois que nous allions au parc, nous rejoignions Eliott et Bryan. Le temps passait si vite avec Bryan. Il était divorcé et vraiment beau, il avait beaucoup de charisme et son corps était naturellement musclé. Il avait vingt-cinq ans de plus que moi, mais un look jeune et à la mode. Il était très intelligent et mature. Nous avions de grandes conversations tous les deux.

Lorsque Laurie n'était pas avec moi, j'allais faire de petites commissions. À l'une de ces occasions, j'ai croisé Bryan, par hasard, dans un stationnement. Il s'approcha de la fenêtre, j'avais le cœur qui battait à cent mille à l'heure. Il me demanda s'il pouvait m'embrasser, je n'y étais, bien évidemment, pas opposée, mais, par discrétion, je préférais qu'il entre dans l'auto. Ce fut aussi beau que mon premier baiser, je ne voyais plus rien autour. Je croyais qu'après l'avoir embrassé, je serais débarrassée de l'attirance et du fantasme qui m'habitaient, mais ce fut tout le contraire. J'étais vraiment surprise par la magie qui venait de nous envahir. À plusieurs reprises, Bryan avait tenté de me persuader de bien réfléchir à mon couple. Il ne voulait pas me blesser ni briser mon union. Il voyait tout simplement que j'avais l'esprit ailleurs et que si ce n'était pas lui, ce serait quelqu'un d'autre.

Quand je suis arrivée chez moi, j'ai expliqué à David ce que j'avais fait. Je lui ai dit que notre couple était en péril, car c'était la deuxième fois que j'embrassais un autre homme, et que je n'avais plus confiance en lui. Je ne savais plus quoi faire, je voulais David et Bryan, car ils avaient tous les deux quelque chose qui me plaisait, mais je devais choisir. Je pensais que David me supplierait de ne pas le quitter ou qu'il me proposerait que l'on passe plus de temps ensemble afin de se retrouver, mais rien de cela n'arriva. Au contraire, il partit en vacances une semaine avec sa famille sans m'inviter. J'aurais été contente pour lui si la situation avait été différente. J'avais payé tous les voyages que nous avions faits ensemble et le seul voyage qu'il planifia, je n'étais pas invitée.

C'est à ce moment précis que j'ai compris que notre couple n'était pas si important que cela à ses yeux. J'avais peut-être trop d'attentes. À son retour, je lui ai annoncé que c'était bel et bien terminé entre nous. David s'est rendu dans un séminaire pour essayer de comprendre notre situation et de recoller les morceaux. Il me convainquit d'en faire de même. Je ne suis pas allée à l'avant de la salle pour raconter mon histoire, mais, à la pause, j'ai discuté avec le conférencier. Je lui ai expliqué que je me sentais mal d'être allée voir ailleurs, que David l'avait fait aussi et que je ne savais plus qui choisir. Il me confirma que j'étais déjà partie et que je devais continuer mon chemin.

David pensait qu'il arriverait à me convaincre de rester avec lui, mais c'est le contraire qui se produisit. Bryan loua un condo où nous vécûmes au tout début de notre relation. C'était très difficile pour Laurie et moi, car nous quittions une maison dans laquelle nous avions énormément de souvenirs. Fort heureusement, quelques mois plus tard, David accepta que je la garde. Bryan et moi avons déménagé au mois de juin. Nous avons rénové et peinturé la maison. Elle était comme neuve, les rénovations avaient changé son atmosphère.

Bryan accepta que je continue à travailler dans des clubs de streap-tease, je lui avais expliqué vouloir prendre mon temps pour choisir la bonne carrière. Je n'ai jamais vraiment aimé travailler dans les clubs, je ne le faisais que pour l'argent. Le temps passait et je n'avais toujours pas pensé à ce que je voulais faire profession-nellement. J'avais beaucoup de passions qui s'étaient endormies sous l'influence de personnes qui ne cherchaient qu'à m'en détourner. Je ne savais même plus qui j'étais.

Avec Bryan, je me suis finalement mise à réfléchir à ce que je voulais faire. Je cherchais avec entrain un autre emploi. Je n'avais Laurie avec moi qu'une semaine sur deux et l'entente avec David était parfaite au sujet de sa garde, je pouvais donc prendre plus de temps pour envisager mon avenir. Une amie me parla d'un bureau d'assurance qui recherchait une représentante. Les horaires me plaisaient, c'était un travail autonome qui requérait des déplacements pour rencontrer les clients et réaliser des ventes. Ce travail semblait intéressant, car je pouvais gérer mon temps comme je le souhaitais. Je n'aimais pas la routine, alors cela faisait mon affaire. J'ai déposé mon CV. Une enquête de crédit a été réalisée et mon profil de personnalité fut scruté. Tout était parfait, j'avais un bon dossier, mais il me manquait quelques crédits, car je n'avais pas terminé mon secondaire. Je me suis inscrite à des cours en ligne pour décrocher un DEP en vente, qui me donnerait les crédits nécessaires. Je participais également à une formation donnée en journée. Le soir, je travaillais au club.

Je coulais tous les examens, mais je ne lâchais pas. Je les recommençais et les recoulais. J'avais des livres volumineux à lire. Je n'aimais pas lire, mais alors pas du tout, je détestais lire. Au secondaire, je n'ai jamais terminé un livre. Je me doutais que quelque chose ne fonctionnait pas, car j'avais toujours eu des problèmes au cours de mes études. Et maintenant que j'essayais d'y retourner, c'était la même chose. J'étais incapable de me concentrer. Lire me prenait des heures et des heures et j'avais énormément de difficultés à organiser mes journées. Je mettais beaucoup de temps à me préparer et à faire mes tâches. J'ai demandé au pédiatre de Laurie de me recommander un confrère. Il me proposa d'aller voir un spécialiste qui diagnostiqua un déficit d'attention.

Je m'y attendais. J'ai commencé à prendre une médication qui m'aida beaucoup. Il était devenu moins pénible, pour moi, d'organiser mes journées. J'arrivais à l'heure à mes rendez-vous et j'avais l'impression d'avoir plus de temps pour faire ce que je prévoyais. Je suis retournée à l'école pour repasser mes examens pour la troisième fois. Je sentais que je n'aimais pas ce que je faisais, mais j'étais persuadée que je pouvais doubler voire tripler mon salaire. Je m'imaginais devenir une brillante femme d'affaires, conduire une belle voiture et porter un tailleur de marque.

La révélation

Un matin, la lumière de ma chambre se mit à flasher, c'était probablement mon père qui essayait de m'envoyer un message. Je croyais que cela signifiait qu'il était bon pour moi de travailler dans les assurances. Quelques jours plus tard, je préparais le souper en suivant une recette que j'étais en train de consulter sur Internet avec mon téléphone. Tout à coup, ce dernier se mit à écrire tout seul. Il y était inscrit « bbbobon xxx bcoubou » avec un petit éléphant. Je croyais que l'éléphant représentait les assurances et que les lettres voulaient peut-être dire « bon, beaucoup » ou quelque chose dans le genre. Je n'avais pas compris le message que mon père m'envoyait, mais j'étais contente d'en recevoir un nouveau.

Le lendemain, alors que je me rendais à mon école avec ma voiture pour passer mes examens, une annonce de Jack Canfield présentant son livre sur le succès passa à la radio. J'étais tellement découragée, rien ne fonctionnait dans ce que je faisais. À part dans les clubs de streap-tease, mais je perdais peu à peu l'envie d'y travailler, je voulais absolument sortir de ce milieu. Pourquoi n'arrivais-je toujours pas à tirer mon épingle du jeu? J'étais prise au piège dans mon roulement de vie dispendieux.

Je devais me procurer ce livre sur le succès. Je suis allée l'acheter dans une librairie et j'ai commencé à le lire. Après seulement quelques pages, j'avais déjà constaté que je ne faisais pas le travail auquel j'étais destinée. En fait, je me situais à l'opposé de ce qui me passionnait. J'ai appelé la compagnie d'assurance et leur ai expliqué que je ne pouvais pas vendre un produit que je n'aimais pas. J'étais soulagée que ce calvaire se termine, mais stressée de ne pas connaître la direction dans laquelle j'étais censée me diriger. Ce livre m'aidait à redécouvrir la personne que j'étais pendant mon enfance.

À la fin de sa lecture, j'avais compris que j'étais une artiste. J'adorais dessiner quand j'étais petite, mais, avec le temps, je mis cette activité de côté, car je croyais que je ne pourrais pas construire une carrière autour de cette passion. J'avais entendu dire que faire du dessin ou de la peinture n'était pas un travail, mais un passe-temps, un loisir, que je ne serais éventuellement reconnue qu'après ma mort et que je vivrais pauvrement, si bien que j'avais enlevé cette idée de ma tête. Le livre expliquait comment créer une vie de rêve, comment avoir confiance en soi et s'estimer. Il traitait de la réussite, des capacités, des ressources internes, des talents et des compétences nécessaires pour aboutir aux résultats souhaités.

J'ai acheté du matériel pour artiste peintre et j'ai commencé à peindre. En parallèle, je me suis inscrite à un cours de peinture. J'avais tellement de plaisir et de satisfaction que je me voyais déjà devenir une grande peintre. Par le passé, j'avais pensé à inventer un nouvel objet. J'avais quelques idées, que j'avais, toutefois, mises de côté, car l'on m'avait dit qu'il est très difficile d'obtenir un brevet. On m'avait raconté la mésaventure d'un inventeur qui avait fait faillite. Grâce à ce livre, je suis allée faire breveter mon invention pour la protéger. Je m'étais dit que, toute façon, je n'avais rien à perdre. Quand j'étais jeune, je chantais en cachette, j'avais peur que quelqu'un m'entende, je craignais que ce ne soit pas parfait, mais je trouvais que je chantais bien. Une connaissance m'avait précisé que savoir chanter est une caractéristique génétique et personne n'avait ce talent dans ma famille... Un professeur de chant m'indiqua que j'avais une très belle voix, puissante et classique. Je ne m'attendais pas à ce qu'on me dise une chose pareille. Dans ma tête, le verdict était clair : « *Voix moyenne, besoin de cours de chant* ».

Excitée par toutes ces découvertes, j'ai décidé de rencontrer une voyante, car je voulais être certaine que je ne faisais pas fausse route dans ce monde artistique. J'avais peur de perdre mon temps encore une fois et de ne pas trouver ce qui me plaisait. Et la pauvreté m'obsédait. La voyante m'expliqua que mes rêves se réaliseraient et que j'aurais du succès dans mes projets, mais que je ne devrais pas manquer le bateau cette fois, car j'avais déjà laissé passer ma chance à deux reprises. Elle ajouta que mon avenir était assuré. Elle m'indiqua que mon père me protégeait et me guidait, parce qu'il n'avait pas fait le nécessaire de son vivant. C'était quand même dur à croire…, mais ça expliquait tant de choses, notamment les phénomènes paranormaux qui se produisaient régulière-ment dans ma vie. Je savais que c'était lui, mais j'étais rassurée et heureuse d'en avoir la confirmation.

J'avais une question précise en tête en allant la voir, je m'interrogeais sur l'éléphant présent dans le message texte de mon père. Elle me conseilla, sans détour, de me renseigner sur sa signification dans la religion bouddhiste. L'éléphant n'avait, en fait, rien à voir avec les assurances, mais plutôt avec la chance, qui me permettrait d'avoir des bases solides pour aborder l'avenir. Sentimentalement, l'éléphant est gage de solidité du couple et, profession-nellement, de propositions nouvelles accompagnées de grandes satisfactions. Il est un présage de bonne fortune et de justice. Il est la subtilité, la stabilité et l'agilité spirituelle. L'éléphant réussit à exprimer et à maîtriser son art avec courage. J'ai compris par la suite que je pouvais être l'éléphant. C'était le symbole qui me correspondait le plus. L'éléphant représente aussi *Ganesh*, le dieu à tête d'éléphant, divinité la plus populaire dans l'hindouisme. Porteur de chance, on l'invoque avant d'entreprendre une action importante. Il est aussi le dieu de la sagesse, de l'intelligence, de l'éducation et de la prudence. Il peut, par la puissance de sa pensée, écarter les obstacles de l'ignorance et comprendre la nature de l'univers. Il porte parfois un cobra royal en cordon, sous forme de ceinture ou sur sa tête, c'est un symbole de protection. Il représente le succès, l'intellect, la richesse et la création. Loin de moi l'idée de me comparer à *Ganesh*, mais force est de constater que je possédais un certain nombre de ses qualités, c'est du moins ce que mon père essayait de me faire comprendre.

J'avais, désormais, confiance en moi. Malgré la difficulté que représentait l'exercice de mon activité de streap-teaseuse, je continuais à me rendre au club, car j'avais besoin d'argent pour pouvoir continuer mes cours, payer ma maison et investir dans mes projets de peinture et d'invention. Durant mes vacances, j'ai arrêté de prendre mon traitement médical et je n'ai rien pu faire durant cette période. Je n'étais plus capable de gérer mon temps. Je ne m'entraînais plus, je n'allais plus au gym et je ne peignais plus. C'était comme si mon esprit était constamment en vacances. J'ai repris ma médication, car plus rien n'avançait dans ma vie.

Tout est revenu à la normal. Je voyais bien que, si je ne prenais pas ces pilules, je resterais au club jusqu'à la fin de mon existence. Un jour, un client du club à qui je parlais souvent me proposa d'écrire un livre, car il aimait écouter mes histoires farfelues. C'est certain qu'il voulait de l'affection, mais il venait avant tout pour mes péripéties, j'avais toujours quelque chose de nouveau à lui raconter. C'était comme une série télévisée que je lui contais chaque semaine. Je me suis dit : « Et pourquoi pas! » J'avais déjà eu cette idée, mais je pensais le faire plus tard.

Comment allais-je écrire ce livre, d'autant que je ne connaissais personne gravitant dans le milieu de l'édition, pas même un écrivain de seconde zone? Avant même d'en avoir terminé la rédaction, je me suis mise à la recherche d'un éditeur, car je savais que dénicher le bon serait difficile et me prendrait beaucoup de temps. Au même moment, Bryan décida d'acheter une nouvelle voiture. Il regardait les annonces sur Internet et trouva un véhicule d'occasion qui lui plaisait. On se déplaça pour vérifier son état. Le vendeur travaillait dans le cinéma et connaissait tous les éditeurs. Il proposa à Bryan de l'appeler lorsque mon livre serait terminé. Il y avait de l'espoir et je m'en réjouissais, d'autant qu'aucun des éditeurs que j'avais contactés n'avait encore daigné me répondre. Lorsque je mis un point final à mon livre, je pris un rendez-vous avec l'éditeur qui m'avait été proposé. J'avais suivi le processus habituel et les conseils les plus courants. L'éditeur avait l'air intéressé par mon histoire, mais il me prévint qu'il lui faudrait environ deux à trois mois avant qu'il ne finisse de la lire.

Je trouvais le temps tellement long quand je travaillais au club. Les jours me semblaient des mois et je commençais à perdre patience. Les contacts étaient, désormais, autorisés et je n'arrivais plus à supporter de me faire tripoter. J'avais tellement hâte que ma nouvelle carrière commence. Une amie cherchait une barmaid pour un restaurant. J'avais déjà travaillé dans un restaurant, mais pas comme barmaid. Je me disais que ça ne serait pas difficile d'apprendre. J'ai envoyé mon CV et j'ai été engagée immédiatement. J'ai reçu une formation, car je n'avais jamais fait de breuvages auparavant. J'apprenais au fur et à mesure, je scrutais les gestes de mes collègues et je les imitais. J'étais étourdie à la vue des serveuses et des serveurs courant à gauche et à droite. L'un d'eux me demanda de lui couper des citrons et des oranges, je les avais coupés en quartier au lieu de faire des tranches.

Je parlais, en même temps, à un autre serveur qui m'expliquait comment essuyer un verre à la perfection quand, tout à coup, un verre suspendu au-dessus de nos têtes tomba et se cassa sur le sol. Peut-être était-ce le signe que je devais faire attention à cet homme... En finissant mon service, j'ai entendu à nouveau, au loin, la chanson *Somewhere over the rainbow*. Le lendemain, cet homme voulut me parler pour me proposer d'intégrer l'équipe de finance de l'un de ses amis, car il trouvait que j'avais beaucoup de détermination. J'imagine qu'il avait aussi remarqué que je n'avais jamais travaillé comme barmaid... Nous en avons parlé plus amplement, mais ça ne m'intéressait pas. Le travail consistait à rencontrer des gens et à les aider à gérer leurs finances. Encore une arnaque qui ressemblait aux assurances...

Je voulais juste quitter le métier de streap-teaseuse, mais je dus retourner travailler au club, car mon emploi au restaurant était beaucoup trop prenant et pas assez rémunérateur pour que je puisse honorer mes dettes. La semaine d'après, je me suis saoulée presque tous les jours. Je me réveillais le matin et me sentais tellement fatiguée et déprimée. Je pleurais tout le temps. Je devais me reprendre en main. Après tout, ce n'était qu'une question de mois, mais j'avais peur que ce soit encore long, ça l'était déjà trop. Un mardi, je me suis levée avec la volonté d'élaborer un plan. Je devais me réveiller chaque matin à 7h00 pour aller m'entraîner. Tout en faisant du cardio, j'étais censée lire des livres sur le succès ou des sujets instructifs. Mon objectif était de me sentir bien dans ma peau et de sortir de cet enfer.

Un matin, alors que je faisais du vélo, j'ai envoyé un message à David pour savoir à quelle heure je devais passer prendre Laurie. Je lui expliquais que j'étais au gym, il était environ 7h30. Soudainement, « Félicitations! » apparut sur l'écran de mon téléphone. Je croyais que c'était David qui me congratulait, mais de ce message, il n'était pas l'auteur. Ce texte s'était écrit tout seul et en lettres manuscrites, lettres que je ne pouvais pas utiliser avec mon téléphone. Je me suis mise à pleurer de joie, mon père était toujours là. J'avais peur qu'il s'en aille, mais je savais qu'un jour, je devrais le laisser partir. Je devais déverser ses cendres dans l'océan, là où il l'avait toujours voulu, mais je n'étais pas encore prête à le faire. J'espérais qu'il m'aiderait à réaliser mes rêves et à réussir dans mes projets.

Je continuais toujours mes cours de chant. Je voyais mon professeur chaque deux semaines. Ce dernier me proposa d'aller chanter dans un centre d'achat. J'avais de la peine à retenir les paroles de la chanson que je devais chanter, car je travaillais de nombreuses heures au club et je m'occupais aussi de Laurie. Bien que circonspecte, je me rendis au centre d'achat avec Laurie. Je n'avais pas le courage de chanter devant tous ces gens. J'attendis la toute fin de journée, lorsqu'il y eut moins de spectateurs. Les passants me regardaient. J'oubliais les paroles, j'étais totalement déconcentrée. Je voyais tous ces gens comme des obstacles qui déambulaient vers moi. Je n'étais plus capable de chanter, j'étais figée. J'avais échoué, une nouvelle fois. C'était atroce. Deux semaines plus tard, j'appelais pour annuler mes cours de chant, mais lorsque la réceptionniste répondit, j'ai raccroché. Une force intérieure me poussait à continuer.

Quelque temps plus tard, une audition pour un concours de chant devait avoir lieu. J'ai recommencé à pratiquer en y mettant toute l'énergie nécessaire pour y arriver. Je fis une tournée des karaokés pour m'exercer devant un public. Une nouvelle fois, la radio de mon auto se mit à changer de station toute seule : j'entendis « Wonder » d'Adventure Club. À nouveau, mon père m'encourageait à persévérer et à aller au bout de mes rêves.

Paroles et traduction de « Wonder »

Have you ever wondered, what it could be like,

T'es-tu déjà demandé à quoi ça pouvait ressembler,

And I was all set to come back home.

Et je m'étais engagé pour rentrer à la maison.

You were after nothing I could give long

Tu étais sur les traces de rien de ce que je pouvais donner

Have you ever wondered, what it could be like,

T'es-tu jamais demandé à quoi ça pouvait ressembler,

And I was standing back on my feet.

Et je me tenais sur mes pieds.
There's nothing there,
Il n'y avait rien là,
So we were better.
Ainsi, nous étions mieux.

And I know I should have held you closer,
Et je sais que j'aurais dû te tenir plus près,
And I know I should have treated you better,
Et je sais que j'aurais dû mieux te traiter,
In a perfect world,
Dans un monde parfait,
But we're not always, what we promised to be.
Mais nous ne sommes toujours pas ce que nous avions promis d'être.
You caught my words in mid-air.
Tu as attrapé mes mots en plein vol.
The silence hung as you caught my eye,
Le silence suspendu, alors que tu attirais mon attention,
Conversations locked away in my mind.
Les conversations enfermées dans mon esprit.

And I know I should have held you closer,
Et je sais que j'aurais dû te tenir plus près,
And I know I should have treated you better. (x5)
Et je sais que j'aurais dû mieux te traiter. (x 5)

Have you ever wondered, what it could be like,
T'es-tu déjà demandé à quoi ça pouvait ressembler,
And I was all set to come back home.
Et je m'étais engagé à rentrer à la maison.
You were after nothing I could give long.
Tu étais sur les traces de rien de ce que je pouvais donner.
Have you ever wondered, what it could be like,
T'es-tu jamais demandé à quoi ça pouvait ressembler,
And I was standing back on my feet.
Et je me tenais sur mes pieds.
There's nothing there,
Il n'y avait rien là,
So we were better.
Ainsi, nous étions mieux.

And I know I should have held you closer,
Et je sais que j'aurais dû te tenir plus près,
And I know I should have treated you better,
Et je sais que j'aurais dû mieux te traiter,
In a perfect world,
Dans un monde parfait,
But we're not always, what we promised to be.
Mais nous ne sommes toujours pas ce que nous avions promis d'être.
You caught my words in mid-air.
Tu as attrapé mes mots en plein vol.
The silence hung as you caught my eye,

Le silence suspendu, alors que tu attirais mon attention,
Conversations locked away in my mind.
Les conversations enfermées dans mon esprit.

And I know I should have held you closer,
Et je sais que j'aurais dû te tenir plus près,
And I know I should have treated you better. (x 3)
Et je sais que j'aurais dû mieux te traiter. (x 3)

La plénitude du bonheur

Dans ma maison, il y avait tellement de coccinelles sur les fenêtres que je suis allée rechercher sur Internet ce que la coccinelle pouvait signifier en astrologie. La coccinelle est considérée comme un porte-bonheur. On l'appelle aussi la bête à bon Dieu. Elle éloignerait les mauvaises énergies et les éléments nuisant à la vie, à l'épanouissement et à la croissance positive. Elle est signe de chance et synonyme d'argent.

Quelques jours plus tard, en me réveillant, j'ouvris les yeux, j'avais toujours la tête sur l'oreiller. Il y avait un miroir sur le mur, je pouvais voir le reflet de la fenêtre dedans. Les rideaux étaient fermés et le reflet du soleil passait au travers. Je vis une croix illuminée. C'était encore un message. Peut-être que beaucoup d'autres personnes recevaient de tels signes, mais n'en parlaient pas ou ne les voyaient pas. Pour ma part, je m'efforçais d'ouvrir les yeux pour les analyser et comprendre leur signification.

Durant l'été, j'aimais magasiner des fleurs avec Bryan. Nous étions entrés chez un fleuriste, il y en avait d'innombrables sortes. Je voulais des pensées. La vendeuse se dirigea vers celles qui lui restaient, mais elles étaient toutes fanées, alors je ne les ai pas achetées. Deux semaines plus tard, alors que je balayais le trottoir devant ma maison, j'aperçus deux petites fleurs, des pensées. Elles étaient d'autant plus visibles qu'aucune autre fleur ne se trouvait à cet emplacement. Je n'avais, d'ailleurs, semé aucune graine ni planté des fleurs à cet endroit. Un hasard, me direz-vous. Le hasard n'existait plus dans ma vie.

Peu de temps après, un cerf vint sur ma propriété pour y brouter. Il aurait pu se nourrir autre part, mais non, il vint chez moi. Commençais-je à voir des signes partout? Ces signes étaient bel et bien réels, encore fallait-il savoir les interpréter. J'avais conscience que j'étais aux portes de ma nouvelle vie, celle que j'avais toujours espérée. Tous ces signes l'annonçaient. Le cerf est un symbole de la résurrection. Ses bois tombent chaque année et repoussent systématiquement. J'étais maintenant prête à donner à ma vie un nouveau souffle. Je n'attendais plus que le déclic. Patiemment, je continuais à chanter, à peindre, à chercher une nouvelle maison et à finaliser le livre dont j'avais débuté l'écriture.

Par ailleurs, mon invention commençait à prendre forme.

C'était l'anniversaire de Bryan. Je décidai de l'emmener souper dans un restaurant où l'une de mes amies travaillait en fin de semaine. C'était un restaurant très chic, des toiles de peintres renommés étaient accrochées aux murs. Je les observais en imaginant qu'elles étaient les miennes. Dans mon imaginaire, j'étais déjà connue pour mon talent de peintre. Je continuais à savourer mon repas tout en parlant et fabulant sur mon succès.

Quand vint le moment de payer l'addition, le propriétaire du restaurant se présenta à moi. Mon amie l'avait informé que je peignais. Il me proposa d'exposer mes toiles, car il avait quelques murs de libres. À peine un mois plus tard, j'en avais déjà vendues deux. À chaque vente, j'amenais un nouveau tableau. Rapidement, mes toiles occupèrent la moitié des murs du restaurant. Je commençais à comprendre comment arriver à vendre mes tableaux. J'ai donc exposé d'autres toiles dans d'autres restaurants. Je prenais une consommation et je déjeunais, puis je parlais au propriétaire tout en me familiarisant avec les employés. Et le tour était joué!

J'avais l'habitude d'aller de librairie en librairie. Un samedi, alors que j'étais, pourtant, très occupée, je pris le temps de m'arrêter à la librairie du coin, je n'avais aucune idée de ce que je faisais là. Je déambulais dans les rangées lorsque je vis une lueur au fond du local. Je m'en suis approchée. La lueur émanait d'un livre rose intitulé « Demandez à vos guides ». Je l'ai acheté et le lisais chaque fois que j'utilisais le vélo stationnaire. Ce livre évoquait des histoires spirituelles et d'anges. Les anges et les guides n'existaient, pour moi, que dans les contes de fées. Le livre suggérait de fermer les yeux et de penser à son guide. Ce guide était alors censé apparaître. Je me suis prêtée au jeu.

L'image d'un pélican apparut. Un oiseau? C'était impossible. Je me disais que ce n'était que des supercheries. C'est alors que j'ai repensé aux *Légendes du pélican.* Ces légendes évoquent un temps où les hommes pensaient que cet oiseau perçait sa propre chair pour nourrir ses petits. Il était le modèle de l'amour parental. Le christianisme fit du pélican le symbole du sacrifice, du martyr et de la résurrection, comparant l'oiseau au Christ se sacrifiant pour la rédemption des pécheurs. Le pélican symboliserait la consécration au grade de maître et l'achèvement du parcours initiatique, comme victorieux de la mort. Il pourrait faire renaître ses enfants vers la lumière de l'initiation. En somme, cet oiseau porterait en lui les symboles de la mort, de la renaissance, donc des cycles de la vie, et de la quête spirituelle tendant vers la lumière. Il symbolise l'axiome assurant que l'on ne découvre que ce que l'on possède déjà en soi.

C'était presque irréel, tout se concrétisait, tout avait un sens. J'étais la seule à pouvoir comprendre. Ce petit livre rose proposait aussi à ses lecteurs de prononcer le prénom de leur guide. Mon guide avait un prénom? Retirée dans ma chambre, je chuchotais afin que personne ne m'entende : « Quel est ton prénom, mon guide? » Je n'obtins aucune réponse. Je me suis levée et habillée tout en me disant qu'un prénom me serait, peut-être, suggéré plus tard. En enfilant mon T-shirt, Raphaël me vint à l'esprit. Il me restait à interpréter ce prénom. J'ai continué ma journée comme si de rien n'était.

Le lendemain, alors que je poursuivais la lecture de ce livre, j'ai remarqué que quelques prénoms y étaient mentionnés. Le prénom Raphaël était cité et analysé : « *Raphaël est responsable de la guérison, aussi bien du corps que de l'esprit et de l'âme. Son élément est l'air. Il est apte à vous revivifier physiquement et à stimuler votre créativité. Il est fait appel à lui lorsqu'un projet d'écriture est entrepris, pour aider à rester alerte et concentré et à créer une œuvre inspirée* ». J'étais rassurée de savoir que, si personne ne pouvait m'aider sur cette Terre, quelqu'un, là-haut, me guiderait. Je faisais de plus en plus confiance en la vie. Un après-midi, j'étais sur la route pour me rendre au travail, lorsque je vis dans le ciel un nuage blanc en forme de croix. Je me suis arrêtée et j'ai pris une photo. C'était certainement un message pour me signaler que j'étais protégée.

Je resplendissais de plus en plus. Je regardais les blogs de mode pour suivre les tendances. Je m'étais composé une nouvelle garde-robe en remplacement des vêtements que je ne portais plus depuis longtemps. J'avais appris à dénicher les prix les plus bas pour des vêtements aussi beaux que ceux pour lesquels j'avais pris l'habitude de dépenser une fortune autrefois. Je m'étais laissé pousser les cheveux. Je n'en avais jamais eu de si beaux. Ils tombaient jusqu'au bas de mon dos, étaient d'une épaisseur parfaite et d'une brillance incroyable. J'avais la plus belle des chevelures, comme je l'avais imaginée dans ma jeunesse.

Lorsque mon roman fut publié, je dus en faire la promotion dans les librairies. Le premier jour, mes amies et ma famille vinrent l'acheter, puis nous avons sabré le champagne à la maison. Je fus également invitée à la télévision. Mon livre devint rapidement très populaire. Je pouvais maintenant gagner ma vie avec les seuls revenus de ses ventes et les interviews que je donnais. J'avais, enfin, la possibilité de quitter, une fois pour toute, le monde des bars. Mon enfer prenait fin. Ce travail m'avait, tout de même, fait évoluer et permis d'avoir plus de temps et d'argent à consacrer à ce que je désirais vraiment faire dans ma vie.

J'ai continué à écrire chaque fois que j'étais inspirée, à peindre et à chanter, plusieurs fois par mois, dans des groupes. Mon invention prenait forme. Quant à mon père, il continuait à me suivre et me guider. Au printemps, j'ai fait construire la maison que j'avais toujours désirée. C'était une très grande maison à aire ouverte. J'avais choisi un terrain assez spacieux. On pouvait y entendre les oiseaux et courir avec les enfants. J'ai acheté un chien. J'avais davantage de temps libre, je pouvais donc m'en occuper. Je restais à la maison et j'écrivais, encore et encore. Quand je voyageais, je poursuivais mes travaux d'écriture, aussi bien dans l'avion que sur le bord de mer. C'était pour moi une délivrance, un tout autre monde. Celui qui me parut inatteignable presque tout au long de ma vie.

La maison avait été rapidement construite. J'en étais, pour ma part, aux dernières touches de son ameublement. Je venais d'installer sur la terrasse un canapé d'extérieur avec de gros coussins moelleux sur lesquels je me laissais tomber le dos en avant, comme sur un gros nuage blanc. Bryan vint me rejoindre. Nous nous embrassions passionnément en plein milieu de journée et regardions le ciel ensoleillé lorsqu'un arc-en-ciel apparut. Un arc-en-ciel sans pluie… Et sa forme était tout aussi inhabituelle. Cet arc-en-ciel ressemblait à un sourire, bombé en bas et se dirigeant vers le haut. Tout un symbole.

Cette dernière année avait été magique. De nombreuses portes s'étaient ouvertes devant moi. J'avais maintenant la certitude que ce qui m'avait été annoncé se réaliserait. Nous avons tous des rêves et nous sommes tous nés avec un talent particulier. Il s'agit de le découvrir et de le développer. Et surtout d'y croire. Pour ma part, le déclic venait de se produire.

Biographie de l'auteur

Marie-Josée Douville est une québécoise, mère, pour qui la famille est très importante. Elle se passionne pour les arts, la peinture et la danse. Elle est diplômée en décoration intérieure et design puis redécouvre sa passion pour la peinture. Elle a d'ailleurs plusieurs toiles à son actif. Très sensible à tous ceux qui l'entourent, elle est très appréciée pour son écoute, sa disponibilité et son empathie. Veronica Smith est son premier roman.

www.ingramcontent.com/pod-product-compliance
Lightning Source LLC
Chambersburg PA
CBHW030149200626
46812CB00016B/1760